記憶をなくした
恋愛0日婚の花嫁

リラ・メイ・ワイト 作

西江璃子 訳

ハーレクイン・ロマンス

東京・ロンドン・トロント・パリ・ニューヨーク・アムステルダム
ハンブルク・ストックホルム・ミラノ・シドニー・マドリッド・ワルシャワ
ブダペスト・リオデジャネイロ・ルクセンブルク・フリブール・ムンバイ

ITALIAN WIFE WANTED

by Lela May Wight

Published by Harlequin Japan,
a Division of K.K. HarperCollins Japan, 2025

リラ・メイ・ワイト

7人の兄弟姉妹とともに騒がしい家の中で育ったので、ロマンス小説の世界によく逃避していた。ロマンス小説家となった今は、読者にも同じように周りが騒がしいときはロマンス小説の世界に逃避してほしいと願っている。活字中毒の彼女に文句ひとつ言わず、本をたくさん買ってくれる彼女自身のヒーローと、息子たちとともにイギリスに暮らす。

主要登場人物

エマ・カペッタ…………記憶喪失の妻。元ウエイトレス。愛称エミー。
ダンテ・カペッタ………エマの夫。〈カペッタ・トラベル・エンパイア〉CEO。
ジェームズ………………カペッタ家の執事。

1

エマ・カペッタを乗せた車がなめらかに走っていく。家へ向かう道にはへこみ一つない。選ばれし住民たちの乗る車が揺れることなどないのだ。

　エマもそんな選ばれし住民の一人だ。運転手つきの車に乗り、黒のスーツはデザイナーズブランドで、靴底の赤いハイヒールは硬い床ではこつこつ音をたて、柔らかな土には深く沈み込む。

　車が停《と》まり、エマは夜の中へ降り立った。

　足は痛み、身も心も傷ついている。

　白い石段の前で足を止め、黒い鉄製の手すりに手を置いて、黒いドアに金のノッカーがついた玄関を見上げる。エドワード朝様式の五階建ての邸宅、彼女が一年近く家と呼んできた場所だ。

　二週間留守にし、亡くなった母の遺品整理をすませ、今日無事に葬儀を終えて戻ってきた。

　故郷バーミンガムは彼女を温かく迎えてくれた。母と二人で過ごした家はとても居心地がよく、壁に飾った写真、ぬくもり、匂い、すべてが懐かしかった。薄い壁をへだてて隣人の会話がはっきり聞こえる自分の部屋のベッドで、ぐっすり眠れた。

　質素な公営団地、がたがたの道路、遅くまで公園で遊ぶ子供たちの歓声……すべてが、まるでずっとここにいたかのようにエマを包んでくれた。

　わずか二週間。その二週間で、自分が一年近く続けてきた生活が偽りだったとわかってしまった。わたしはこんなロンドンの美しい邸宅にいる人間ではない。

　ここは……〝わが家〟ではないのだ。

　ドアが開き、いつものように息が苦しくなる。石段を一歩、また一歩と上がり、お辞儀をする執事の前に立つ。

「ミセス・カペッタ、居間にお茶でもお持ちいたしましょうか？」

エマは引きつるような笑みを浮かべた。「いいえ、けっこうよ、ジェームズ」そう答えて彼の前を通り過ぎると、大理石の床にヒールの音が響いた。

「何か他にご入り用なものはございませんか？」ダンテ？

思わず鼻にしわを寄せる。

わたしは今も彼を求めている。

永遠に満たされることのない飢えのように。目からうろこが落ち、自分が夫にとってなんの意味もない存在だという事実を知った今でさえ。

わたしはばかだった。

今日は母の葬儀だったが、夫は来なかった。電話もなく、カードを送ってさえこなかった。

わたしが一番必要としていたときに、夫はそばにいてくれなかった。

そう、父のように。

胸が締めつけられる。

何を期待していたの？　あの人はただ楽しみを、セックスを、わたしの体を求めて結婚した相手だ。本当の意味の伴侶なんかじゃない。

「いいえ、何もいらないわ」エマはジェームズに答えた。今ほしいのは物ではない、ダンテだ。彼がそばで支え、心を寄せてくれることだ。

彼がそばにいてくれなかったことだけではない、それを自分が求めていたという事実に、これまで信じてきた自分の心が、ダンテと暮らしてきたこの一年が、エマにはまったく違って見えてきた。

たまらなく胸が痛む。

「他にご用がございませんでしたら……」

「ええ、ありがとう」

ジェームズがうなずいて去っていき、エマはまた一人になった。今日一日そうだったように。

今日だけ？

あざけるような声が頭に響く。

そのとおりだ。母が亡くなり、葬儀を終えて、ようやくそれに気づいた。

肩にずっしりと重荷がのしかかり、足が動かない。

上質なシルクの敷物、精緻な手彫りのサイドテーブル、プロの手による照明に美しく浮かび上がる貴重な美術作品の数々を見回す。まるで美術館のような邸宅だが、そこに暮らす人の気配はまったく感じられない。

わたし自身、この家の人間でない何よりの証拠だ。殺風景な高層ビルに囲まれたスラム街で生まれ育った娘には、こんなメイフェアの高級住宅地は似合わない。こんなところにいる権利などないのだ。

のどが苦しくなる。

これまで気づかなかったけれど、わたしはひどく深みにはまってしまっている。

もしかして、わたしも母と同じ過ちを犯してしまったのだろうか？　この気持ちは——。

違う。愛なんかじゃない。

愛など存在しない、ただの幻想だ。母もそれを信じた愚かさゆえに罰を受け、何度も何度も傷つけられた。そのあげく、四十三歳の若さで心臓発作により命を落とした。

母は愛という名の偽りに殺された。

そんな感情にとらわれていてはわたしも殺される。

エマは背筋を伸ばし、その場でハイヒールを脱ぐと、らせん階段を一段とばしで上り、寝室に入った。

夫婦の寝室だ。

完璧に整えられたベッドを目にした瞬間、体が熱くなる。このベッドで、彼の腕の中で過ごした夜が、朝が、午後が、脳裏によみがえってくる。

セックスが悪かったわけではない。そんなことは一度もなかった。そもそも、二人の関係が始まったきっかけもセックスだった。

でも今はそんなこと考えちゃだめ。

エマはバルコニーのドア近くにあるデスクへ向かった。そこから眼下に秘密の庭園が見える。

ロンドンにはこうした秘密の庭園が三つだけある。エマとダンテはそれをすべて見て回り、この邸宅の購入を決めた。寝室から庭園が見える、この邸宅を。

けれど、ダンテが約束したのは家庭ではなかった。ただ一年間、互いの欲望が尽きるまでの結婚だった。

そしてエマも、その提案にノーとは言えなかった。母がついに得られなかったもの――経済的な、そして精神的な安定がほしかったからだ。

それがいつ変わってしまったのだろう。いつからわたしは……それ以上を求めるようになったのか。もっとダンテと過ごす時間を、彼との親愛の情を、そして彼の支えを？

今日もそれを求め、ダンテがそばにいてくれなかったことでその不在を痛感した。

怒るのは筋違いだ。参列してほしいと直接頼みはしなかった。でも、葬儀の日時はちゃんと伝えた。

事実にうちのめされ、エマは泣きたい気分だった。彼の不在に傷つくなんて、いつの間にこれほど深みにはまってしまったの？

薬指の金の指輪を回してみる。

こんなもの、なんの意味もない。十二カ月間彼の妻としてレンタルされる、そんな契約にわたしも進んで応じた、その証文代わりにすぎないのだ。

それが今、一人の男性にこれほど執着するようになってしまった自分が憎くてならない。

この一年近く、エマは常にこの家のベッドでダンテの帰りを待っていた。一度も連れていってくれたことのない海外出張の数々から戻ってきたダンテを迎え入れるために。その出張はどんどん長くなっていった。

結婚などしょせんは偽りだ、そう思ってきた。わたしとダンテとの関係も、両親の関係と同じだった。いつも父の帰りを待っていた母と自分は結局同じだった。

自分は母とは違う何かを生み出せたと思っていた。母とは違い、自分をコントロールできていると。

エマは深くため息をついた。

まだ自分に嘘《うそ》をつくつもり？

偽りだったのは結婚そのものではない。この結婚はダンテと契約したとおりのものだった。

変わったのはこのわたし、ダンテが与えてくれる以上のものを求めるようになったわたしだ。

エマはウォークインクローゼットに歩み寄り、扉を開けた。ぎっしり詰まった服などはすべて、ダンテが買い与えてくれたものだ。

すべて彼に返そう。

わたしにも、そして彼にも、なんの意味もないものばかりだ。彼がときおり箱から取り出して見せびらかすために、このわたしを美しく飾っておくために必要なものだったとしても。

わたしはしょせん、彼のコレクションの一つにすぎなかった。

わたしは上流階級の一員ではない。ここはわたしの家ではない。そして、ダンテと交わした契約も、結婚などではなかった。

少なくとも、わたしが求めていたものとは違っていた。

引き出しを開け、ベルベットの小箱やバッグをすべて取り出して、ベッドの上に並べてみる。二十個以上ある。どれも、出張から戻るたびにダンテがプレゼントしてくれたものだ。そしてそのあと彼はわたしを抱き、そしてまた出ていった。何度も何度も、繰り返し。

左手にはめた婚約指輪の中央には、エマの誕生石の青い宝石が輝いている。飾りのない金の指輪は結婚指輪だ。

これもまた、意味のないプレゼントにすぎない。でも、この二つだけは持っていたい。自分に何があったかを思い出すためにはめておきたい。

いいえ、だめよ。

エマはその二つの指輪も外し、プレゼントの山の真ん中に置いた。

数々のジュエリーの中でこの二つが象徴的な、重要な意味を持つことに、ダンテは気づくだろうか。

エマはサイドテーブルの引き出しから便箋と封筒を一枚ずつ取り出した。

なんと書けばいい？

彼に対してもだが、何より怒っているのは、この心を守るためには決して求めないと決めていたものをほしがっている自分自身に対してだ。

これは愛とかいうものではない、約束を破ったのはダンテではなくわたし自身なのだと、どう説明すればいい？

万年筆を取り、短い一文を書く。これを読めば、二人の結婚は終わりだとダンテも理解するはずだ。

二つの指輪と便箋を封筒に入れ、封をして、枕の上に置く。

帰ってきたダンテはまずここに来るはずだ。今までのように、わたしが待っていると信じて。

でも、わたしはいない。

エマは寝室をあとにし、階段を下りるとさっきのハイヒールをはいて、玄関ドアを開けた。外に出てドアの取っ手を握りしめ、続けられると思っていた偽りの暮らしを振り返る。

「さようなら」この家に、残していく数々のものに、そしてダンテに別れを告げる。

ドアを閉め、取っ手を、すべての偽りを手放して、エマはこれから立ち向かわねばならない現実に心の準備をした。

わたしたちは離婚する。

二日後

ダンテ・カペッタは優雅な筆跡で署名した。エマに最初に提示した契約書をそのままなぞった、簡単な書類だ。違いはただ一点、婚姻継続期間だ。

空白の署名欄を見つめる。ここもすぐ埋まるはずだ。至福の結婚生活をさらに三年間継続するべく、妻もためらうことなくこの欄に署名するだろう。

最初の契約期間はまだ四週間残っているが、新たな契約を提示するのにそれまで待つ必要はない。

ダンテは……満足していた。この完璧な関係を続けるための新たな契約書がエマへのプレゼントだ。

契約書を閉じながら、ダンテは心の安らぎを感じていた。満たされていると言ってもいい。これは、カペッタ家の男たちが常に求めてきた高みへの希求や危険な領域への挑戦とは違う感覚だ。

今はただ、エマとの関係を続けたい、今後も彼女をそばに置きたいという思いだ。

革張りの座席にゆったりと体を預け、夜のロンドンのきらめく光に目をやる。

〈カペッタ・トラベル・エンパイア〉の経営は航空会社、客船、ホテルなど多岐にわたる。主だった観光都市には支部を、それ以外にも必要な土地には営業所を置いている。どの土地もそれぞれに重要だ。

ダンテは求めに応じて世界中を飛び回り、エマと結婚する前は女性たちに追いかけられていた。みんなどこへでも追ってきて、彼の関心をひくためになんでもした。ときには二人がかりで誘惑してくる女性たちもいた。彼もそれを楽しんでいた。

だが、出張に女性を同伴したことは一度もなかったし、女性の肌が恋しくて特定の場所へ帰ってくることもなかった。女性を自分のキスで目覚めさせるため、夜明け前までに女性のベッドにもぐり込もうとしたこともなかった。

しかし、結婚して彼は変わった。

エマとの結婚は愛情や友情によるものではなく、互いの間に燃え上がった欲望の炎を制御するための契約だった。繰り返し彼を夢中にさせる一人の女性をいつでも好きなときに抱くための方策だった。

一年あれば、この欲望を満たすには十分だろうと考えていた。

かつてダンテは、亡き父が定めたルールブックに従って生きてきた。それでなんの問題もなかった。エマと出会うまでは……。エマはこれまでベッドをともにしたどの女性とも違い、ルールブックにあてはまらないことも多かった。

だから、彼女との契約をさらに三年間延長することを提案しようと決めた。二人の間の熱はまだまだ冷める気配はないし、エマはこの契約結婚をよく理解してすばらしく対応してきてくれた。互いに求めているものは同じなのだ。

飛行機が無事着陸した。

ダンテは契約書をブリーフケースにしまい、タラップを下りて迎えの車に乗り込んだ。

十分後には二人の家に戻れるはずだ。

ぼくもうぶな青年ではない。エマへの激しい欲望もいずれは消える。そうなったら、契約を解消すればいい。だがまだそのときではない。

あと三年もあればじゅうぶんだろう。そのあと、円満にそれぞれの道を歩めばいい。

エマとはもう二週間言葉を交わしていない。だが、彼女が二日前に無事メイフェアの家に戻ったことは使用人から連絡が来ている。

葬儀とは忌まわしいものだ。父が亡くなったときも、葬儀に参列するくらいなら飛行機から飛び降りたほうがいいと思ったものだ。そもそも、海で消息を絶ち、遺体も見つからないまま、空《から》の棺《ひつぎ》を埋葬するなど無意味に思えた。

それに、葬儀というものは遺《のこ》された人々が故人を悼み涙を流して心を整理するためのものだ。そんなものはダンテには必要なかった。父を愛したことは一度もなかったし、心の整理が必要になるような関係でもなかった。父が彼に遺したものはルールブックだけ、それだけでじゅうぶんだった。

父が書き残した文言は一言一句覚えている。

〝常に冷静でいろ。誰も必要以上に近づけるな。先に去るのは常に自分だ。誰にも傷つけられるな〟

ただ一人、そのルールを破ったのはダンテの母だった。正確には、母は夫と息子の両方から去った。

とはいえ、そんなことはどうでもいい。母のことなど記憶にもないし、必要としてもいない。

だがエマはダンテとは違った。母の葬儀にも娘として必要なことはすべて執り行った。彼女は母との別れに心の整理を必要としていたし、あらゆる手を使って過去から逃げたいとも感じていなかった。

だから、ダンテは彼女を海外出張へは連れていかなかった。仕事上、危険な地域や地図にさえ記されていない土地や峡谷の奥深く踏み込む必要もある。エマは未知の領域を探検することは好まず、現状維持を、平穏無事を求めた。そしてダンテもそれを与えた。そうして二人はうまくやってきた。

それぞれ自分の時間を過ごし、そしてまた二人の時間に戻る。よけいな駆け引きなど不要だった。

エマが何かを求めればそれに応える。これまでずっとそうしてきたように、彼女との結婚生活が終わるまではそうしていくつもりだ。

互いにとってこの契約は好都合だし、エマも満足しているはずだ。当然だろう？　ぼくの資産のおかげで彼女はほしいものをなんでも手に入れられるのだ——ぼく自身を含めて。

車は寝静まったロンドンの街を走り抜け、二人の家に着いた。ダンテは急ぎ足で中に入り、階段の上り口にブリーフケースを置いた。

期待に胸が高鳴る。

二十一日間、エマの肌のぬくもりに触れていない。夜通し飛行機に乗って帰ってきた——夜が明ける前に、使用人たちが、そしてエマが目覚める前に。

精緻な彫刻を施した白い手すりのらせん階段を見上げる。どの段がきしみ、音をたてるか、彼女を目覚めさせるかよくわかっている。いつもこうして彼女のもとへ帰ってくるのだ。

体がうずく。

階段をゆっくり上がるのがもどかしい。だが、妻の柔らかくしなやかな体が迎えてくれると思えばその値打ちはある。

夢うつつの妻の体はベッドのように柔らかい。全身の筋肉の神経が感じやすくなる。そしてぼくを隣に感じ、ぼくに触れられて妻は目覚めるのだ。

ダンテは靴を脱ぎ、スーツの上着を脱いで床に落とした。ネクタイも取り、白いシャツもボタンを静かに外して床に落とした。

いつものように胸が躍る。エマと情熱を交わし合う興奮が、欲求が、初めて会ったあの夜と変わらず強く体の中で脈打ち始める。

ベルトのバックルを外し、スラックスとボクサーパンツも脱ぎ捨てる。

ああ……こんなにも硬くたかぶっている。

裸になったダンテは忍び足で階段を上っていく。アドレナリンが全身を巡り、予定外の帰宅でエマを驚かせる期待にうめき声がもれそうになるのをぐっとこらえる。

エマをキスで目覚めさせたい。彼女もいつものように、すぐさま熱いキスで応えてくれるはずだ。その情熱に、愛撫《あいぶ》に、たまらなく興奮させられる。

ゆっくり、ゆっくり、寝室のドアを開ける。

中は暗い。

静かな足取りでベッドに歩み寄る。何も見えないが、この寝室はよくわかっている。ベッドでは妻が彼を待っている。体を丸め、ブロンドの髪を枕に波打たせて、彼の指に触れられるのを待っている。その唇に唇を重ねたい。

ダンテはシーツの間に体をすべり込ませ、暗闇に呼びかけた。「エマ?」その名前を口にしただけで、早くその腕に抱かれたいと思いがはやる。

だが、彼女が寝ているはずのベッドは……冷たかった。

大きなベッドだ。ダンテはさらに体を動かし、長い両腕と両脚を伸ばしてエマの体を探した。温かい足の指を、柔らかなその体を。

彼女がいるはずの側から何かが音をたてて落ちた。

ダンテは手探りで明かりをつけた。

ジュエリーの箱がいくつも床に落ちていた。一つだけベッドに残っていた黒のベルベットの箱を取り上げてふたを開け、ペンダントを手に取る。ホワイトゴールドのチェーンに透き通ったダイヤモンドのヘッドがきらめく……。

エマはどこだ? まだ午前四時だというのに。

ペンダントと箱をベッドに置き、シーツをめくってベッドを出たダンテは、毛足の長いカーペットを踏んでウォークインクローゼットの扉を開けた。何も異常はない。エマはどのジュエリーをつけるか迷ってベッドに広げ、しまうのを忘れたのだろうか。昨夜外出したまままだ戻っていないのだろうか。

いらだちがこみ上げ、ダンテは眉をひそめた。いったいどこへ行った? 誰と?

妻の行動についていちいち把握しているわけではないし、自分のスケジュールも伝えてはいない。今回の出張が前回より危険かどうかなどわざわざ教えてもいない。顧客の要求はさまざまなのだ。

ダンテははっと固まった。

ベッドのヘッドボードと枕の間に、白い紙の角が三角形に飛び出していた。引き抜くと、白い封筒にダンテの名前が書いてあった。

封筒を破って開けると、中身がベッドに落ちた。婚約指輪と結婚指輪だ。その指輪をじっと見つめる。エマが外したものだ。

彼女がこれまでこの指輪を外したことは一度もなかった。シャワーを浴びるときでさえ。そしてぼくも、結婚登記所で彼女からはめてもらって以来、結婚指輪を外したことはなかった。

それが今、ここにある。

封筒を逆さにして振ると、便箋が一枚落ちてきた。彼女の優美な筆跡が目に飛び込んできた。

〈出ていきます〉

反射的に体がこわばる。今の裸体以上に、感情をむき出しにされた気分だ。

エマが出ていった？

いや、そんなはずがない。出ていく理由など——。

そこでダンテははっと気づいた。

ぼくは計算を誤った。彼女がほしいという気持ちを表に出しすぎ、バイオリンのごとくこの体を奏でてもらうために彼女が求めるものをすべて与えた。

エマは駆け引きをするような女ではなかった。

それはそうだが、だからといって今駆け引きをしていないとは言えない。いったい何が目的だ？　もっと金がほしいのか？　今後も婚姻を続ける場合、契約金を増額しろというのか？

こめかみがずきずきと痛む。おかしい。こんなやり方は彼女らしくない。だがエマは出ていった。結局女とはそういうものだ、そうだろう？　出ていきたいとなったら出ていくのだ。

ダンテは彼女の結婚指輪を拾い上げ、小指に、自分の指輪の隣にはめた。

心を落ち着かせようと、大きく息を吐く。

エマはきっと戻ってくる。

そのときは、彼女の目の前でドアを閉めてやる。

2

三カ月後

ダンテは自分の指の指輪に目を落とした。彼女の指輪はずっとはめたままだ。感傷的な理由からではなく、思わずわれを忘れ、妻を求める欲望にとらわれかけてしまったあの日のことを覚えておくためだ。

しっかりしろ、と背筋を伸ばす。

今はもう彼女に関心はない。だが、妻が去った当時の動揺はわれながらひどいものだった。自分の人生があれほど彼女に影響されていたとは。

この三カ月間、イギリスを離れるような仕事はすべて断ってきた。ロンドンの家には戻らなかったが、近くにいるようにはした。日本の顧客たちは不満を示していた。とくに要求の厳しい顧客などは、経験豊富なダンテみずから担当するよう求めてきた。他の旅行社では得られない特別な体験を求めて、顧客たちはダンテのもとへやってくる。

〈カペッタ・トラベル・エンパイア〉は、スリルを求める冒険を好むダンテの父が立ち上げた会社だ。小さな航空会社だったものをブランドとして発展させ、それをダンテが受け継いだ。

たとえ顧客の不興を買おうとも、今イギリスを離れるわけにはいかない。電話で聞いた医師の言葉がまたよみがえる。

〝ミスター・カペッタ、奥さまが転倒され、頭を打たれました。記憶をかなり失っておられ、混乱しておられます〟

かつて母も転倒したと言い、それで妊娠がわかったと言ったらしい。嘘《うそ》だと自分で知りながら、その嘘によって母は父を操った——自分の手で育てる気はないものの跡継ぎがほしいと求めていた父を。そして母も求めるものを手に入れた——息子と引き換えに手に入れた金で思いのままに暮らす人生を。

エマは母と同じ手は使えない。ダンテは生涯子どもはつくらないと決めている。

妻を持つつもりもなかったが。

今夜以降は、その妻とも縁が切れる。

だが、エマの裏切りは思った以上に心に深く突き刺さった。自分がそれを予想できていなかったのも腹立たしい。この三カ月間、そんなことをぐるぐると考えてきた。疑念で頭がいっぱいだった。

エマは高額なジュエリーなどを含め、何もかも置いて出ていった。表面的には、バッグもジュエリーも、そしてダンテもいらないというふうに見える。

だが、本当はそうではない。

何か求めているものがあるはずだ。さもなければ彼女が出ていく理由が見当たらない。これはきっと、もっと何かがほしいという駆け引きに違いない。誰だって、手段さえ選べば賄賂がきくはずだ。

「到着しました」運転手が告げた。

バーミンガムの殺風景な外観の病院は、ダンテがエマに与えた生活環境からは大きくかけ離れている。彼女がこの街で暮らすことを選んだという事実が、ダンテの胸に突き刺さる。

エマの言葉には強いなまりがあり、初対面のときから彼女が下層階級出身だとはわかっていた。だがこの街はダンテたちが暮らしていたロンドンとはまったく違って狭苦しく、暮らす人々同士の距離も近い。そんな彼らの歌うようななまりがやけに耳の奥深くまで入ってくる。

なぜぼくはエマとの離婚を申し立てなかった？

それは、エマがぼくのみぞおちにナイフを突き立てたからだ。このナイフを抜く方法はただ一つ、もう一度彼女と会うことだ。かわいいと思っていた妻も結局は、息子と引き換えに巨額の小切手とプライベートアイランドを手に入れた母と同じだったと確認することだ。エマと顔を合わせれば、彼女にずっとだまされていたことがわかるに違いない。

車を降りたダンテをまばゆい照明が包んだ。くすんだコンクリートの建物に赤い文字が照らされている――〈救命救急外来〉。

ダンテはそこへ向かった。自動ドアが開いた。

救命救急外来は古びていやな臭いが漂っており、不快な雰囲気だ。椅子や床にはうつろな表情の人々が、予想待ち時間六時間と赤い文字で表示された電光掲示板を見つめている。

ここはダンテに何かを要求しようとする舞台としておよそふさわしいとは思えない。

この壁の中で起きることに自分の力は及ばないと、どうしようもない無力感、絶望感を覚える。

エマはそれをわかっているのだろうか。だからこんな手を使ってぼくをいたぶろうとしているのか。

ダンテの左側にある両開きのドアが開き、救急隊員が二人出てきた。この中のどこかにエマがいるはずだと、ダンテはドアの奥へ進んだ。

電話してきた医師によると、エマは救急車でここへ搬送され、検査を待っているところだという。だが救命救急外来は混んでいる。夫であるダンテにすぐ来てもらいたい。エマは苦痛と混乱を訴えており、サポートが必要だと。

そんな医師の言葉も、ダンテの心を刺激するために計算されたものに違いない。だが医師の口から発せられた言葉には信憑性《しんぴょうせい》がある。エマが一人で助けを必要としていると思わせる力がある。

現にぼくはこうしてここに来た。

ダンテの背後でドアが閉まった。

カーテンがすべて閉まっているということは、ベッドが埋まっているということか？　こういった病院に来るのは初めてだが、新聞記事などで読んだことはある。ここの医師がエマの策略に簡単に加担する理由もおおよそ見当がつく。

もし策略でなかったとしたら？　エマはこれまでぼくに嘘をついたことも、そんなことまでしてぼくの関心をひこうとしたこともなかったじゃないか。

いや、策略に決まっている。それ以外考えられない。彼女の策略を暴き、離婚書類に署名させたら、二人の関係はそれで終わりだ。

カーテンで仕切られた一角の内側で交わされていた会話の声が少し大きくなり、ダンテは近寄って耳をそばだてた。

「ありがとうございます、先生」

左側の安っぽいカーテンがさっと開き、そちらに顔を向けると、医師がこわばった笑みを浮かべて彼にうなずいてみせ、部屋を出ていった。

そこに、エマがいた。

ブロンドの前髪が伸びて眉にかかり、頬骨のあたりをかすめて肩に広がっている。

ああ、あの髪に触れるのが好きだった。こぶしに巻きつけて引き寄せ、後ろから抱きしめたものだ。

やめろ、そんな昔の思い出にひたるのは。

集中しろと自分に言い聞かせ、ダンテは視線を下に向けた。エマは糊《のり》のきいたベッドシーツの上に脚を伸ばし、薄っぺらい枕を背に身を起こしている。形のいい胸のふくらみは白いブラウスに、ヒップと太ももは黒の細身のスカートに包まれている。

初めて出会ったあの夜と同じ服装だ。

再び彼女の顔に目をやると、二人の視線がぶつかった。明るい青の大きな瞳の瞳孔が開く。

「先生」エマが言った。

これもまた策略の一つなのか？

ダンテはゆっくりとカーテンを閉めた。その手には乗らないぞ。「いや、ぼくは医者じゃない」

「じゃあ、どなた？」エマがピンクの唇を開いた。「看護師さん？　守衛さん？」

「ぼくが誰か本当にわからないのか、エマ？」胸が締めつけられるのを無視してダンテはたずねた。これも芝居だと思いつつ、あまりにも迷いのないその口調に驚く。

「さあ」エマが肩をすくめた。「お医者さまからは、もうすぐ誰かが迎えに来てわたしを病棟へ連れていくとか、精神科の診察やＭＲＩの検査があるとか、いろいろ言われたけど、でももう大丈夫ですから」

ダンテは一歩近づき、ベッドの足もとに立った。

「ああ、そうだろうね」

「ええ。もうさんざんお世話になったし、他にこのベッドを必要としている人もいるし、これ以上ここにいる必要はないので」

「必要がない？　このベッドが？　それともぼくの

助けが？」ダンテは大股でベッドの周囲を歩き回り、かまをかけながら彼女の反応を観察した。だがエマはまったく表情を変えず、ひるむ様子もない。

「わたし、そそっかしいんです。生まれつきで治しようがないみたい」

「治しようがないのなら、なぜ病院に来た？」いよいよ嘘のほころびが見えてきたぞ。

「救急隊の人に連れてこられて」

「きみが頼んだんじゃないか？」ダンテが返す。

「規則なんですと救急隊員に言われたから」

「規則どおりに搬送されたのをいいことに、それをうまく利用したというわけか？」きみの策略はお見通しだぞとばかりにダンテはそう言い、エマの反応をうかがった。

「利用した？」エマが声をあげて笑った。「わざわざ好きこのんで入院する人などいないでしょう」

「こうしてぼくを呼び寄せるためでも？」

エマが答えた。「いったい何が言いたいの？　あなたが誰かも知らないのに」

「ゲームはもうたくさんだ、エマ」

「ゲームって？」エマが繰り返す。

「そうだ。きみに勝ち目はない」

「誰だってゲームには勝ちたいでしょう？」

「中には誰よりも勝ちにこだわり、自分が有利になるようにカードを切るものもいる。エースの札を袖口に隠してね。そういう連中は対戦相手を見くびって、結局は負ける」

「いったいなんの話？」エマが疲れたようにため息をつき、顔にかかる髪を払った。

ダンテの胸がまたぐっと締めつけられ、本能的な感覚に震え始めた。

エマがまばたきして彼を見上げた。「今わたしにうなり声をあげた？」

ダンテはエマに近づき、彼女の額に指を伸ばした。

「ちょっといいか？」

「何をするつもり？」

「確認したいんだ」

「何を？」エマが目を見開く。

ダンテの指が彼女の前髪をそっと持ち上げた。

「エミー……」息を吐き、手を脇に下ろす。

エマの髪が落ち、左頬の長い擦過傷と額の痛々しい打撲痕が再び隠れた。「エミー？　なぜわたしをそう呼ぶの？」

「本当に怪我《けが》したんだな」

「当然でしょう、こうして病院にいるんだから」エマが返した。「わざわざ病院で治療を受けなくても、そのうち治るわ」

「転倒したって？」何が嘘で何が事実なのか。

「ええ、転倒したの。何度説明すればいいの？」

「これが最後だ。話してくれ、何があった？」この耳できちんと聞きたい。ぼくを呼び寄せるために用意されたシナリオを細部にわたって。

彼の中にはまだ疑念がわき上がってくる。

確かに怪我はしているようだ。だがエマはその状況をここぞとばかりに利用してぼくを呼び寄せた。そう自分に言い聞かせても、ダンテの心は静まらず、混乱していた。それこそがエマの狙いなのだろう。ぼくを混乱させて、二人の今後の関係を有利に進めるつもりなのだ。

「だから、救命救急の看護師さんにもお医者さまにも説明した……」エマはそこで顔をしかめ、膝を抱えた。「まあ、もう一度話すぐらいいいけど」

そんな動きを目で追っていたダンテは、改めて彼女の状況に気づいた。膝のあたりでタイツが破れ、伝線が走っている。胸に抱えた脚にもさらに大きな伝線が走り、血がついている。

ダンテの心臓が激しくとどろいた。彼女が怪我しているところを見るのは初めてだ。紙で切った切り傷さえ見たことがない。それが、膝にも顔にも頭にも、こんなひどい傷を負って……。

「たくさん荷物を抱えたまま」エマが手にした携帯電話に目をやった。「こうやって時刻を確認しようとして」携帯電話をベッドに放り出す。「足を踏み外し、ジャガイモと落ちたの」

「ジャガイモみたいに落ちた、ということか？」

エマがかぶりを振った。「違う、ジャガイモと一緒によ。タクシーの運転手は買い物袋を階段の上まで運ぶのを手伝ってくれず、外に置いておいて泥棒に持っていかれるのもいやだったから。メゾネットの二階に住んでいて、階段を上らないといけないの。おかげで一週間分の食材が台無しだわ」エマが顔をしかめた。「目が覚めて冷蔵庫が空っぽというのは悲惨なものよ」彼女はまた携帯電話を拾い上げ、ダンテに差し出した。「よかったら、わたしの母に電話してもらえませんか？」

「きみのお母さんに？」ショックが全身を駆け巡る。

エマがいぶかしげに彼を見やった。「母の職場はこの近くだから。シティセンターの外で清掃の仕事をしているの」

それは知らなかった。ダンテと出会う前のエマについて、彼女から詳しく聞いたことはなかった。

「そうだったのか？」

「〝だった〟じゃなく、今もよ」エマの眉間のしわが深くなる。「今夜の担当は図書館よ。清掃が終わったらロマンス小説を読むの。誰もいない図書館を独り占めして、何もかも忘れて何時間も物語に没頭するの。でも……」

エマが大きく息を吸い、ダンテは彼女の胸がふくらむのを驚異の面持ちで見つめた。彼女は自分が孤立無援であること、彼しか頼る相手がいないということを示すためにこんな大芝居をうったのだとばかり思っていたが……。

まさか、母親の死まで忘れたふりをするのか？

本当に困っているのだとしたら？

ますます疑念がわいてくる。

「でも、なんだい？」ダンテは促した。

「看護師さんは母が電話に出ないと言って……携帯の連絡先にある親族にかけると言ったの。でも、わたしには母以外親族などいないし」目を細めて天井を見上げたエマがダンテに視線を戻した。「母に電話してみてもらえない……？」彼女ののどがごくりと鳴った。目に見えない指に絞められたかのように、細い首筋がぎゅっと締まる。「お願い」

ダンテの心にぴしりとひびが入った。

エマは本当に母の死を覚えていないのだ。彼女の話はすべて事実だった。

それが何を意味するのか、なぜこれほど胸が締めつけられるのか、まだ考える余裕はない。

自分も事実を告げるしかない。

「お母さんには電話できない」

「どうして？」

「もういないからだ、エマ」

「いない？　どこへ行ったの？」

「それは……」あまり直接的すぎないよう、婉曲《えんきょく》的すぎないよう、ダンテは言葉を探した。「天国へ」

そう答えてみたが、本当は天国など信じていない。人生は一度きり、死ねばそれで終わりだ。

エマの母は亡くなった。エマは天涯孤独だ。

「どういう意味？」エマの顔がゆがんだ。

「きみのお母さんは三カ月ちょっと前に亡くなった、心臓発作で」ダンテはありのままを告げた。

「そんなの嘘よ」エマが声を絞り出した。「今朝も会ったばかりなのに。なぜそんなひどい嘘をつくの？」彼女の顔が困惑にゆがむ。

「事実だ」

「嘘よ」

「嘘じゃない」

「そんなこと……」エマの顔が蒼白《そうはく》になった。「あなた、いったい誰なの？」

「ぼくの名前はダンテ・カペッタだ」

エマが眉をひそめてたずねた。「その名前に何か意味があるの？」

「そのはずだ」ダンテはそう答え、彼女の様子をうかがった。

「どうして？」彼女の高い頬骨のあたりに困惑が広がる。「あなたはわたしのなんなの？」

「きみの近親者だ」

エマが驚いたように青い瞳を細めた。「え？」

「きみの夫だよ」そう口にした瞬間、自分の言葉の容赦なさを呪う。

「わたしの、なんですって？」エマがぽかんと口を開けてダンテを見つめた。ダンテも見返しながら、カーテンの陰からマジシャンが登場するのを待ち受けた。だがそんなものはいない。嘘いつわりなく、エマはこのぼくを必要としている……。

「ぼくはきみの夫だ、エマ」

「これはなんの悪ふざけ？」エマの胸に怒りがこみ上げてきた。「いきなり入ってきたかと思うと、母が亡くなったとか、自分がわたしの――」

「夫だ」男性がすかさず口をはさむ。

「これがいつもの手なの？」エマは吐き捨てた。「病院をうろついては頼りなさげな女を探し、唯一の家族は亡くなったと言い聞かせて涙を誘うの？」

「きみは泣いてないじゃないか」

エマの中でアドレナリンが爆発した。「あなたはわたしの夫なんかじゃないわ」あまりにもばかばかしい話に言葉がつまる。「あなたとわたしは無関係よ」そうとしか考えられない。

「ぼくはきみの夫だ」男性が繰り返す。

エマは凍りついた。息もできず、身動きもできないまま、鳥肌が立ち、頭がぼうっとなる。

エマは目の前の男性の見事な肢体をぴったりと包むダークスーツに目をやった。白いオープンカラーのシャツの襟もとから太くたくましい首筋が見える。

彼の顔に視線を移す。高い頬骨、がっしりしたあご、気品のある鼻筋、完璧に整った顔立ちだ。茶色の瞳に吸い込まれてしまいそうになる。

「嘘よ」エマは息を吐いた。目の前の男性にまったく見覚えはない。知らない人だ。「わたしに夫などいないわ。結婚したこともないし、これからもするつもりはないし」

「だがきみは結婚している」彼がさらりと言い返した。「このぼくとね」

「ありえないわ！」エマはきっぱり言い返した。

愛はみんなが言うようなおとぎ話ではない。父からの愛を待ちわびてやつれていった母の姿に、わたしはそれをいやというほど痛感した。

父と母は正式に結婚してはいなかったが、父は母を都合のいいときだけ妻扱いし、そうでないときはただの愛人として利用してきた。

わたしは絶対に男にそんな扱いは受けない――エマはずっと昔にそう誓ったのだ。

「ありえない？　何が？」彼がきき返す。

「あなたが……」エマは目の前の男性を指した。わがもの顔で病室に入ってきたと思えば、もうすでに話したことの説明を改めて求め、自信たっぷりにふるまう。こんな人と話したのが間違いだった。

エマは自分を励ますように息を吸って言った。「こんな会話自体、事実だという保証はないわ」

「ぼくがなんのために嘘をつく？」

「嘘をついているのはわたしのほうだというの？」

男性が刺し貫くようにエマの目を見つめ、かすれ声で答えた。「いや」その声に思わず体がこわばる。

そんな自分の反応を、エマは無視しようと努めた。相手が高圧的で息がつまるからよ、と。それでいて、自分でも理解できないが、なぜか心が休まるのも感じる。

「ぼくは何も言ってない。きみ自身が自分のことを忘れているだけだ」男性が言った。

「忘れてなどいないわ。わたしの名前はエマ・パウエルよ」エマはぴしゃりと返した。

男性がぐっと歯を食いしばった。「違う。きみの名前はエマ・カペッタだ」

「エマ・カペッタ?」エマは思わずおうむ返しに口にした。そんなはずはないのに、なぜか耳になじみがあると感じてしまう。

「そうだ」男性の鼻の穴が、胸が大きくふくらんだ。「ぼくの妻だ」

ぼくの妻。確信を込めた口調だ。

「わたしは誰の妻でもないわ」そんな愚行をわたしが犯すわけがない。

男性の指が自分の方へ伸びてきた。体が熱くなってきて、エマはやめてと言えなかった。

その指で触れてほしいと待っている自分がいる。よほどひどく頭を打ったようだ。

男性はエマの左手を取って顔を近づけ、親指で彼女の薬指をさすった。「ほら」

だめよ、反応しちゃ、とエマは自分の体に言い聞かせた。こんな気まぐれに身をゆだねて相手を満足させちゃだめ。

「ほらって、何が?」エマは挑むように彼の目を見返した。「知らない男性がわたしの手に触れているだけだけど」左手がうずくのを感じ、あわてて手を引っ込める。「勝手なことばかり言って!」

「感じるだろう?」

「何を?」エマはごくりとつばをのんだ。彼の唇には笑みが、まなざしには傲慢な光が宿っている。自分の行為によってエマがこれまで感じたことのない、それでいてどこか覚えのある反応を引き出したことがわかっているのだ。

「ぼくたちの間に流れる感覚だよ」男性が答えた。

何よりも恐ろしいのは、あの手でまた触れられると考えただけで自分の体が激しく反応してしまうという事実だ。

ひょっとして、わたしは頭を打ってまだ意識不明なのだろうか。これはすべて夢なのだろうか。

「どうかしているのはあなたのほうよ、わたしたちが夫婦だと信じているなんて」

男性が手を下ろして言った。「今は指輪をしていないが、よく見れば証拠はしっかりあるはずだ」

エマは目を閉じ、ゆっくり十まで数えた。大丈夫、もうすぐ、あと少しで目が覚めるはずよ。

「何をしているんだ？」彼の声がベルベットのように柔らかく肌をくすぐる。深く官能的な、耳に心地いい声に、胸の鼓動に合わせて耳までが、痛いほどの速いリズムで脈打ち始める。

なんだか……変だ。

頭では彼を知らないのに、この体は――。

エマは目を開けた。「何をしているって？」

「そうだ」

「あなたこそ、何をしているの？」わがもの顔に自分に触れ、夫だと言い張る自信満々な彼に挑みかかるようにエマは問いかけた。

「きみを見ている」

「やめて」彼女は吐き捨てるように言った。彼の視線が……肌に熱い。

こめかみがうずき、耳の奥が脈打つ。エマはこめかみを指でもんだが、目の奥の圧力はさらに高まるばかりだ。頭がずきずきと痛む。何かを探しているのにエラーコードが繰り返し現れるかのようだ。

「これは映画じゃない」エマは絞り出すように言っ

た。「転倒して記憶を失ったなんて嘘よ」

「忘れたんだよ、ぼくのこともね」

「誰があなたみたいな人を忘れるの？」

「妻だね」

こらえきれなくなって自分の薬指を見下ろしたエマは思わず声をあげた。「そんな」

自分の手を顔の前に持ってくる。確かに、彼が言ったとおり、左手の薬指にはそこだけ日焼けしていない部分が白く残っていた。

この指に何かが――指輪がはまっていたことは間違いないようだ。

「そんな、まさか」エマはつぶやいた。

「もし必要なら、結婚証明書を見せてもいい」

「結婚証明書？」エマは目の前でこぶしを握った。

「そんなものをいつも持ち歩いているの、こういうときのために？」

そう言ってから自嘲するように笑い声をもらす。


結婚証明書って何？　そんなもの、ただの紙切れにすぎない。わたしの母も事実上は〝結婚〟していた。愛する男性との間に子どもを産み、彼に尽くしていた。でも――。

「証明書は今ここにはないよ。でもこれならある」

男性が自分の左手をエマの左手に並べた。彼の薬指にはシンプルな金の結婚指輪が、そして隣の小指にはもう一つ指輪があった。隣のと同じデザインだが、もっと小さい女性用のようだ。

男性はその指輪を外し、エマの指にはめた。

自分がシンデレラを夢見る娘だと思ったことはない。そんなことは考えたこともなかった。けれどもその指輪はまるでガラスの靴のように、エマの指にぴったりおさまった。薬指の白い部分は金の指輪に完全に隠れて見えなくなった。

違和感もなく……まるでずっとそこにはまっていたかのような気がする。

エマの頭の中がぐるぐる回り出した。外傷で搬送されたのに、なぜ医師は精神科を受診しろと言うのだろう。なぜみんな母に電話してくれないのだろう。わたしは二十二歳で母と二人暮らしだと説明したとき、なぜ看護師も医師も事務員も、こちらを憐《あわ》れむような目で見たのだろう。

もう母とは暮らしていないから？　母は亡くなって、目の前のこの人と暮らしているから？

今の首相は誰？　今日は何月何日？　自分が思っているとおり木曜日じゃないの？　母は図書館で本を読んでいるんじゃないの？　わたしは本当にエマ・パウエル？　それとも誰かの――この人の妻？

不安がこみ上げ、息が苦しくなる。

とその瞬間、頬が温かくなった。ダンテ・カペッタと名乗る男性が両手でエマの顔を包んでいた。その手は強くたくましく……守られている気がした。

説明がつかない。赤の他人の手に触れられているはずなのに、彼の手のひらに自分の顔がしっくりおさまって心地いい。こんなのおかしいと思いながら、手を離さないでほしいと思ってしまう。

「ぼくと一緒に帰ろう」エマはきっと自分の言うことを聞くはずだと、彼の目が自信たっぷりに光っている。「医師の診察も受けて、今後の治療方針を決めてもらおう」

「もう病院にいるんだけど」エマは答えた。

彼がエマの頬から手を離した。指先でゆっくりと優しく頬をなぞり、親指と人差し指でしっかりとあごをつまんで、彼は断固とした表情で宣言した。

「今すぐ二人でここを出るんだ、エマ。それしかない。記憶が戻るよう、ぼくが手助けする」

「わたしがあなたを思い出したくないとしたら？」

エマはたずねた。誰かが――何かがわたしに嘘をついている。それが彼ではなく、わたし自身の体でもないとすれば、それはわたしの頭に違いない。そして頭は、自分の体を、魂を、心を守るためにいろんなことをする。「もしわたしの頭が意図的にあなたに関する記憶を締め出したのだとしたら？　たとえば、あなたから自分自身を守るために」

「ぼくはきみの脅威になどならないよ」彼が荒っぽく言った。「ぼくたちは結婚している。ぼくはきみの夫、きみの保護者なんだ。信じてくれ」

結婚。夫。保護者。

その言葉に、エマ自身気づきたくない何かが心の中で揺れた。

肉体的にはなんの脅威もなく安全だろう。それは直感でわかる。

とくになんの感情も見せずここに入ってきた彼は、事実を知るやいなや自分のペースで物事を進めた。エマは頭では理解できなかったが、体は……それを喜んで受け入れた。

何もかもあやふやなままだが、彼の両手はしっかりと落ち着いていて安心できた。

エマは心を決めた。この人と一緒に行こう。

「いいわ」今はこの人だけが真実を知る手がかりだ。彼の世界では、わたしは彼の妻らしい。それがどんな人生だったか、心のどこかでは知りたいと思う。

「一緒に行くわ」

3

すべて事実だった。

母は亡くなったのだ。

悲しみがじわじわとこみ上げてくる。

記憶にないとしても、乗り越えたはずなのに、ショックが繰り返し打ち寄せる波のように襲ってくる。

痛み、苦しみ、満たされない思いが有刺鉄線のループとなって、胸の中に居座っている。

母はまだ若かった。まだまだ生きられるはずだった。あれほどつらい日々を耐え抜いてきた母がなぜ死なねばならなかったのか。胸が引き裂かれそうだ。

指にはまったシンプルな金の指輪に目を落とす。これ見よがしな豪華なものではない。これは富をひけらかすためではない、結婚の象徴なのだ。

ダンテが隣に腰を下ろすと、深紅の革張りのソファが音をたてた。たちまち二人の距離が消え、ダンテの手がエマの手に伸びてきた。彼は指と指をからませてしっかり握ってきた。

「エマ……大丈夫か？」彼の親指が彼女の親指と人差し指の間の柔らかい部分をなぞる。

エマは裸足《はだし》のつま先をふかふかのカーペットに押しつけ、太ももをぎゅっと合わせたいという不可解な衝動を抑え込んだ。ただ手を触っているだけよ、性的な意味などない。

でも、こうして指をからめているのは、彼との親密な触れ合いを許しているということだ。本当にその覚悟ができているのだろうか。

エマは自分の手から目を離し、ダンテの顔を見つめた。ダンテはごく自然に、彼女を安心させるように見つめ返してくる。

だが、そんなふうに見つめられても安心などできない。これまで眠っていたことすら気づかなかった体のあちこちが目覚め始める。

エマは下唇を噛《か》んだ。安心感というものは、たとえばバスタブのお湯にゆっくりつかったり、ショッピングに行ってきれいな品物を見たりすることで生まれるものだ。

こんなふうに手を握り合うことで安心できるなんて、彼はどうやってわたしに教え込んだのだろう。

「いいえ、大丈夫じゃないわ」エマは手を引っ込め、また彼の手の中に戻したいという衝動をこらえて立ち上がると、床から天井までぎっしり本で埋まった奥の壁へ歩いていった。

この家はまるで人形の家、まさに少女たちが夢に描くおとぎ話の家だ。

「大丈夫だよ、エマ」ダンテが自信たっぷりに言う。

エマはむっとして言い返した。「あなたに何がわかるの」

「わかるさ」ダンテが平然と答えて立ち上がり、大股で自信たっぷりにエマに歩み寄った。「きみはこうしてぼくのそばにいるんだから」

エマは後ずさりしたい気持ちをけんめいにこらえた。どうせ背後には本棚があって下がれない。別の方角へ逃れようとしてもこの家の間取りは知らないし、わかるのはダンテが迫ってきていることだけだ。

下腹部が熱く脈打っている本当の理由に気づかないほどうぶではない。

これは恐れなどではない。欲望だ。

男性経験は何度かある。ほんのいっときの、体だけの関係だ。目を閉じてただ感じ、肉体の反応に身をまかせる、簡単なことだ。感情などいっさい関係なく、一瞬の快楽を得て別れるだけだ。

でも今回は、目の前のこの人に何も求めてはいなかった。それなのに、こうして胸がざわつき、激しくかき乱されてしまう。

「あなたはいつもこんなに傲慢なの？」精いっぱい侮辱と皮肉を込めて言ったつもりなのに、思いとはうらはらに息がはずんでしまう。

「妻が求めているものを与えるのが傲慢か？」ふつうの人間なら宝くじでも当てないと手に入らないような豪邸で、ダンテはとてもくつろいだ様子だ。「妻を養い、荷物の重さで倒れてしまわないよう支えてやることがいけないことか？」

エマは心に引っかかるものを感じた。わたしの荷物は昔から重かったはずだ。幼いころから母を守り、精神的にも支えてきた。だからこそ、自分は母のようにはならないと心に決めていた。孤独のまま、男が来てくれるのを、男の愛を待ち続けるなんてごめんだ。誰かを求めたり、誰かを大切に思うほど近づいたりは決してしないと。

「ぼくといれば、もう二度と冷蔵庫の中身を心配する必要はない」そんなダンテの言葉が、幼いころから大人になるまでずっと食事の心配ばかりしてきたエマの心に響く。母はずっと働きづめだったけれど、それでも冷蔵庫を食材で満たすことはできなかった。エマが成長するにつれ、食べる量も出費も増え、支払いは滞る一方だった。だがダンテは、そんな心配は無用だといとも簡単に言ってのける。その言葉はたまらなく魅力的だ。「医師にも勧められたとおり、ここでぼくといれば、心身をゆっくりいやすことができる。言っておくが、きみは囚人などではない。きみの意思に反して閉じ込めるつもりはない。出ていきたければいつでも出ていっていい。だが、失った記憶を取り戻すには、ぼくのそばにいるのが一番じゃないか」彼の声は深く温かい。

記憶が戻るかどうかはわからないと医師は言っていた。とにかく日常生活に戻って待つだけだと。医師の指示のもと、ダンテがエマのこれまでの人生を語って聞かせてくれた――細部は省き、主要なポイントだけをかいつまんで。

二十二歳のときロンドンへ引っ越した。二十六歳でダンテと出会い、同じ年に結婚した。母の死は三カ月あまり前、心臓発作だった。母の葬儀と遺品整理のためバーミンガムの実家に戻り、その三カ月後転倒して頭を打った。

何を聞いても、何も覚えていない。

一つ一つの事実はわかった。でもその間のことは？　なぜバーミンガムに戻るときに結婚指輪を外したの？　なぜそのまま実家にとどまったの？　母が亡くなったのなら、とどまる理由などないのに。

点と点がつながらない。わたしはダンテと結婚していたはずなのに、彼はメイフェアの家に、わたしはバーミンガムの実家にいた。

一人きりで。

エマは自分の指に戻った結婚指輪をもう片方の指で回した。「なぜあなたがわたしの指輪を持っていたの？」

ダンテの表情は変わらない。「バーミンガムに戻るときにきみが置いていったんだ」

「なぜ？」

「もうつけていたくなかったからだろう」

「わたしは何を求めていたの？」

「出ていくことだ」

「ロンドンから？」

ダンテが歯を食いしばった。「いや、ぼくから」

「あなたから？　なぜ？」エマは目を見開いてたずねた。何を考えても、頭の中では〝なぜ？〟の言葉が、緑色のネオンサインのように光っている。

「知らない」

「なぜあなたが知らないの？」

ダンテが唇をぐっと結んだ。「きみは何も話してくれなかった」

「何か言ったはずよ」

「〝出ていきます〟置き手紙にはそう書いてあっただけだ」

「わたしが置き手紙を？」エマは繰り返した。

ダンテがうなずいた。

「あなたはそれ以上追及しなかったの？」

「ああ」

まったくわけがわからない。わたしたちの結婚も、二人の関係も。「妻が出ていきますという言葉と結婚指輪を残して家を出たのに、理由をたずねることすらしなかったの？」

「なぜその必要が？」ダンテがこともなげに肩をすくめた。「きみは出ていった。それ以上説明は必要ないだろう」

エマの全身が硬くこわばった。

結婚など絶対にしないと思っていたはずなのに、理由はどうあれ、わたしはこの人と結婚したんだわ。そして、振り返ることもなくこの家を出ていった。

母には父と別れる強さがなかった。でもわたしはダンテのもとを去った。

他の女性といる彼の姿がふいに目に浮かび、こみ上げる吐き気をぐっとこらえる。それが理由？

胸が締めつけられ、息ができなくなる。

「あなたの浮気のせい？」何度となく母を裏切ってきた父のように、もしダンテも浮気をしたのだとしたら、わたしはきっと彼のそばにはいたくない、路上で寝るほうがましだと思ったに違いない。

「浮気？」ダンテが繰り返し、さらにエマとの距離をつめてきた。

これから繰り出されるであろう辛辣な言葉の衝撃を受け止めるため、エマはカーペットをかかとで踏みしめ、身構えた。

だが、予測は外れた。

「きみだけだよ」エマの左の頬にかかった髪を耳に

かけながらダンテがささやく。優しく繊細なその手の動きに、エマは思わず体を寄せてしまいそうになるのをこらえた。「出会ったあの夜からずっと、ぼくにはきみだけだ」

エマの心臓に血液がどっと流れ込み、肺に空気があふれる。

きみだけだ。

彼女を独占するかのようなその言葉に、エマは恐怖とともに興奮が高まるのを感じた。

嘘《うそ》よと言い返したい。一夫一婦制など幻想だと、これまで何度も聞かされ、その実例をこの目で目撃してきた。男はいつだって浮気するものだ。だが目の前のダンテはしていないと主張する。

「わたしが家を出たのには何か理由があるはずよ」

「ぼくには何も話してくれなかったがね」ダンテが手を脇に下ろした。だが二人の距離は近いままだ。

「わたしたちの関係が終わったのなら、なぜ離婚しなかったのかしら？」彼との結婚生活に一年を捧《ささ》げたあげく、さよならも言わず、離婚手続きもせず出ていった、その理由が知りたい。

「そんなこと関係あるか？」

「あるわ、もちろん」震える声がエマののどを通り、口から飛び出す。

「まだ終わってもいないものがどうやって終わったかなど、考える意味はないだろう？」ダンテが言った。「きみは出ていった。だがぼくたちはまだ夫婦だ。そして再びこうして一緒になった」

「事故のせいでね」エマは念を押した。

ダンテも負けじと返す。「事故、運命、宿命——どう呼ぼうがかまわないが、きみは今こうしてぼくといる。だから、ぼくがあれこれ類推せずに答えられる質問をしてくれ」

ダンテの言うとおりだ。わたしは自分しか答えを知らない疑問を彼にぶつけている。なぜあなたと結婚したのか、なぜあなたのもとを去ったのか……どちらも決めたのはこのわたしなのに。

「わたしたちはどうやって出会ったの？」この質問なら彼にも答えられるはずだ。

「フォーマルなイベントだ。ここロンドンでチャリティオークションがあって、そこでウエイトレスをしていたきみがぼくとぶつかり、トレーにのせていたワインをぼくにぶちまけたんだ。イベントの主催者であるヴレオタス王女がご自身のワイナリーから寄贈してくれたワインをね」

つまり、当時の自分はイベント会場のスタッフだったわけだ。恥ずかしさで膝から力が抜けるかと思いきや、エマの中にこみ上げてきたのは欲望だった。ダンテのセクシーな長いまつげが動くたび、頭が覚えていないものを体が覚えているかのように反応してしまう。

「ぼくの胸に手を当ててごらん」ダンテが言った。

エマは眉をひそめた。「どうして？」

「約束しただろう、きみが記憶を取り戻すのを手伝うと。教えてあげるよ、ぼくたちがどんなふうに始まったのか」

エマは片手を上げ、おずおずと彼に触れた。

「感じるかい？」ダンテがたずねた。

深く規則的な胸の鼓動が指に伝わってくる。「感じるのはあなたの鼓動だけよ」

ダンテが彼女の手に自分の手を重ねた。指から腕へ、胸へと熱が伝わり、息が浅く苦しくなってくる。

「これでどうだ？　何を感じる、エマ？」

二人の手が重なっている、その感触に、理屈では説明できない絆《きずな》のようなものを感じる。

「熱？」エマはささやいた。

「炎だよ」ダンテの声がかすれ、深く響く。「初めて出会ったあの夜、ワインに濡《ぬ》れたぼくの胸板にきみがこうして触れた瞬間、炎が燃え上がったんだ。

そして炎はぼくだけでなく、二人の中に激しく燃えさかった」

エマの中で欲望が脈打った。「わたしたち、その夜関係を持ったの？」

「その夜だけじゃない――」ダンテがすぐ目の前まで体を寄せてくる。「それからずっと、毎晩だ」

二人のなれそめの話に意識を集中させ、自分自身の体験として取り戻すのは難しい。とくに、この体を彼に押しつけたい、彼に触れたいという衝動が繰り返し襲ってくる中では。

「なぜわたしたちは結婚したの？」そう問いかける声が自分の声でないみたいだ。「ただ情事を重ねればよかったんじゃないの？」みずから下した決断の理由を理解したいと、エマはさらに問いを重ねた。

自分は貧しい市街地に生まれ育ち、公営住宅の家賃が上がって払いきれなくなるたびに転々と引っ越しを繰り返してきた娘だ。そうやって出ていった家には自分たちより若くお金に余裕のある典型的な子持ち家庭が引っ越してくるのだった。

典型的な家族――母がずっと追い求め、エマが軽蔑してきたもの。

そのわたしが、こうして家庭を持っている。

「ああ、重ねたよ」ダンテの息がエマの唇にかかる。二人の息を重ね、唇を合わせたい、キスしたいという思いがエマの中にこみ上げてくる。「ぼくたちの情事は一カ月間続いた」

エマはダンテのシャツをぎゅっと握りしめた。

「何が変わったの？」

「足りなかったんだ」

「何が？」エマの声がかすれた。これまでは一晩でじゅうぶんだった――わたしにとってはそれでじゅうぶんだったはずだ。まだ理解できない。

ダンテが続ける。「時間をやりくりしたり、高級ホテルのシーツがどんなに柔らかくても借り物のベッドで抱き合ったりするのがいやだった。自分たちだけのベッドがほしかったんだ」

「わたしが求めたものはなんだったの？」わたし自身は必要以上に他人のベッドにいたくはなかったし、出ていくわたしを止める人もいなかった。相手が寝たふりをしている間に、自分の服やバッグを手に、振り向きもせず姿を消すのが常だった。

でもダンテはわたしをずっとそばに置き、自分たちだけのベッドで抱き合いたかったという。

わたしもそれを望んでいたのだろうか？

「きみが求めたのはこのぼくだ」ダンテの言葉が、その言葉の意味がエマの耳をくすぐる。「ぼくがきみに結婚を申し込み、きみはイエスと言った」ダンテが話を締めくくった。今抱いているような感覚を当時も抱いていたのだとすれば、自分が喜んで受け入れたのもわかる。この体は彼に触れてほしいと求めている。疑念も不安も押し流し、二人の間の熱に屈してしまいたいと。

二人の結婚に関してはもっと何か事情があるはずだと、頭のどこかではまだ考えている。けれども彼女の心は、そんな疑問の扉など閉めてしまえばいいと叫んでいる。ダンテの言葉がすべて事実だとすれば、わたしが結婚について、自分自身について信じてきたことはすべて偽りとなる。二人の間にあるのは情熱と欲望、それ以外には何もないと信じるほうが簡単だ。

「まだ答えのわからない疑問がたくさんあるわ」ダンテのシャツを握ったままエマは言った。「そんな重大な疑問の答えがわからないままというのは……わたしにとってはとても重いことなの」その重さに頭がくらくらし、胸が押しつぶされそうになる。

「怖がってもいいんだよ、エマ」

「怖がってなどいないわ」

「嘘だね」ダンテが低い声でささやいた。彼の言うとおりだ。どうしようもなくひかれ合ってしまう二人の間の感覚がわたしは怖い。

「そんな怖さや不安に身をゆだねるんだ」なだめるようにささやく彼の言葉が耳をくすぐる。「未知のものに導かれ、一つ一つ見つけていけばいいんだ」

エマの手に重ねられていた手が彼女ののどもとへ移動する。その指先が羽根のように軽い感触であごをくいと持ち上げる。「もうすぐ答えにたどり着く、そんな興奮に身をまかせて――」こちらをまっすぐ見つめる彼のまなざしがエマを刺し貫く。「自分自身について、ぼくたちの結婚について再発見する旅路を楽しめばいい」

この慣れない環境で、唯一頼れるのがダンテだ。けれども彼の言葉も、ぴりぴりと音をたてるような二人の体の触れ合いにも、たまらず震えてしまう。経済的にも安定し、しっかり守られ、冒険もできる――ダンテが約束してくれたものすべてがほしくなる。彼のプロポーズを受け、結婚指輪をはめ、二人で暮らしたというこの家で。

ダンテの気品ある鼻筋を、上唇のくぼみを、エマは視線でたどった。ちょうど指先がおさまりそうなそのくぼみに触れたいと手がうずく。

以前もそうやって触れていたのだろうか。これまで何度、その唇を自分の舌で味わい、少し薄い上唇と豊かな下唇との間に舌を差し入れたのだろうか。

思わずキスしたくなるその唇を。

胸が締めつけられ、吐き出す息がはずむ。

エマは必死の思いで彼の唇から目をそらし、たくましい胸板に当てたままの自分の手に視線を移した。本能に身をまかせ、シャツをつかんでいる指でその体を引き寄せ、彼のキスがどれほど甘いか試してみるのは簡単だ。

エマは目を閉じた。

このままダンテの腕に身をゆだね、彼が約束どおりのものを与えてくれると信じるのは無謀だ。彼の言葉はただの誘惑だ、でたらめだと、頭の中で声が響く。

エマの父親も母に数えきれないほどの約束をしながら、一つも守ってくれなかった。それでも母は、いつか父が約束を守り、自分を、娘のエマを、家族を守ってくれる日が来ると待ち続けていた。

その母も今は亡い。

自分の結婚について再発見できるのはわたし自身とダンテしかいない。けれども女にとっては結婚など人生の終わり、墓場にしか思えない。

理由はともあれ、わたしは一度は勇気を出してダンテのもとを去った。でも、彼との絆を完全に断ち切るほどの強さはなかったようだ。そこが最も気になる。わたしはダンテが自分のもとに戻ってくるのを待っていたのだろうか。

きみは囚人などではない、出ていきたければいつでも出ていっていいというダンテの言葉に、妙な安心感を覚え、不安が少しやわらぐ。

彼が本気かどうか、ふいに確かめたくなり、エマは目を開けた。「もし、わたしがもうこれを求めていないと決めたら……」ダンテの胸板に当てた手の指を広げて体を支える。

だが、彼の手は動かず、エマのあごを上向かせたままだ。エマは彼のまなざしをとらえて続けた。

「いつでも出ていっていいのね」そう言いながら胸がつまり、苦しくなる。ダンテとの結婚を決めた自分を覚えていないわたしは、今この家を出ていける立場にはない。でも、二十二歳のエマならそうするはずだ。彼のキスを、彼の肉体をどれほど強く求めていたとしても、万が一のために逃げ道を作っておくはずだ。「そのときは、離婚してくれるわね?」

「離婚?」ダンテは繰り返し、苦痛に満ちた息を鼻からゆっくり吐いた。

「理由は二人ともわからないけど、わたしが一度出ていったことは事実だわ。だから――」エマがごくりとつばをのんだ。細いのどが緊張するのをダンテは黙ったまま見つめた。「だから、この機会にわたしたちの結婚について改めて考えてみたいの――わたしだけでなく、あなたも。そのうえで、やっぱり別れたいと思ったら、そうできるように――」

「つまり、離婚でぼくたちの関係を終わらせるということか？」ダンテはあとを引き取って言った。

「そう」

エマは思い出したのだろうか？　すべてではなくとも、自分たちの結婚にはそういう契約条項があるということが、記憶のどこかに残っていたのか？

この結婚の契約内容について話してやってもいい。契約はすでに失効し、本来ならもう離婚しているはずだ。だが、ぼくたちはまだ夫婦のままだ。

それをどう説明すればいい？　ぼくがなぜ自分から離婚手続きを進めることなく、エマから離婚の申請書が届くのを待っていたのかを？

無理だ。自分自身にも説明できない。

エマは母とは違い、より多くの金をせびろうなどと考えてはいなかった。自分が無理やり優位に立とうとしたこともなかった。

彼女が出ていったのは自分自身で決めたことだ。それは理解できる。そして、こうしてぼくのもとへ戻ってきたのは、そうするしかなかったからだ。彼女の言うとおり、自分が出ていった理由がわからないというのは、さぞ重く苦しいことだろう。

だが、さっきエマにも言ったとおり、二人であれこれ類推してもしかたがない。

事実はただ一つ、二人とも離婚を要求しなかったということだ。ぼくたちはまだ夫婦だ。

ただ、エマはもともと結婚など望んでいなかった。

ぼくと出会うまでは。

ぼくたちの結婚は感情など伴わない、純粋に欲望を満たすだけのものだったと、事実を告げてもいい。だが、それでもエマは出ていった……。

ダンテは覚悟を決め、かすれ声で言った。「きみが離婚したいと言うなら、いいよ、離婚しよう」

「ありがとう」

「当然だろう」ダンテは親指の腹でエマのあごをなぞった。「互いに求め合っていないのに夫婦でいる理由はない」

「そうね」エマの声もかすれた。ダンテはそこに暗黙の了解を読み取った。二人の結婚が続いていた間、離婚などは二人とも考えなかった。

それは今も同じだ。

「そろそろベッドに入りたいわ」エマの瞳が疲労と欲望の混じり合った色にかげった。ダンテの体が反射的に反応し、下腹部が硬くなった。「眠るためよ、一人で」エマがあわてて言い添えた。

ぼくは眠りたくなどない。

この家で、隣に、腕の中にエマがいないベッドでは一晩も過ごしたくない。だからこそ、彼女が出ていったと知ったあの日以来、この家には戻っていなかったのだ。

さっきエマに語って聞かせた一つ一つの思い出がよみがえる。最初の出会い。ぼくに触れてきたエマの自信にあふれた姿。熱く燃え上がり、重なり合った唇。ぼくに負けないほどに体の触れ合いを求めてきた、そしてぼくの妻となったエマ。

二人の関係は最初からひたすら体の交わりを求め合うものだった。チャリティイベントで出会う前の過去について語り合うこともなく、ただ互いの肉体にのめり込み、夢中でむさぼり合った。

今になって好奇心がわいてくる。以前はためらいもなくぼくのキスを、愛撫《あいぶ》を受け入れ、ぼくをベッドに招き入れていたエマが、なぜ今はためらう？　二十二歳当時からぼくの妻になった二十六歳の間に、何があったのだろう？

妻のことならよく知っている。彼女の欠点も、感じやすい部分も。耳の後ろに熱い息を吹きかけてやると体がとろけ、そのまま唇をのどもとへ、胸のふくらみへと這《は》わせれば……。

だが……このエマは違う。

彼女の中では、まだぼくとキスしたことも、体を交えたこともないのだ。

完全に時間が逆行してしまっている。

なんとかして、エマにすべてを、ぼくのキスを思い出させたい。

だが、それ以前に彼女は安心できる言葉を求めている。だったらそれを与えてやろう。

ダンテはささやいた。「エマ、これだけはわかってくれ。きみはぼくの妻、ぼくはきみの夫だが、だからといってぼくがきみに勝手をしていいということではない。きみにその気がないものをぼくが無理やり奪ったりはしない。きみが今夜、あるいは明日ぼくをベッドに迎え入れようが、迎え入れることがなかろうが、この約束は変わらない」天地がひっくり返ったような今の状況で、自分の身は安全だと、どうしたいか決めるのは自分だと、彼女を安心させてやる必要がある。

この腕に抱きしめたいという全身の衝動をこらえ、ダンテは手を下ろして彼女から一歩下がった。

エマが首をかしげ、黙ったままこちらを見つめる。

「わかるね？」ダンテは問いかけた。

こわばった表情のまま、エマがうなずいた。

「言葉で答えてくれ、エマ」本当にぼくの意図が伝わっているのか、確信がほしい。

「わかったわ」エマが答えた。だがまだ足りない。

「ちゃんと言ってくれ、何がわかった？」

「わたしが本当の意味であなたの妻に戻ろうが戻らなかろうが、あなたはわたしを守ってくれること」エマが深く息を吐いた。隠そうとしてもその息が震えているのがわかる。「たとえ以前わたしたちがセックスしていたとしても、今はそれをしなくてもいいということ。あなたと夫婦だということは、今のわたしにはなんの意味もない。ただ指輪がぴったりはまるというだけ。そしてその気持ちがずっと変わらなければ、あなたは離婚してくれるということ」

ダンテも硬い表情でうなずいた。「今はそれだけでじゅうぶんだろう?」

「ええ、そうね」エマがおなかのあたりで両手を組み合わせた。

ダンテは脇に寄って言った。「左側の最初のドアがぼくたちの、いや、きみの寝室だ――きみがぼくを招き入れてくれるまでは」

その言葉に、エマの青い瞳がきらりと光り、興奮と不安の色が交錯した。頬がひきつり、肩がこわばって持ち上がる。

「おやすみなさい」そうささやくとエマは一歩踏み出し、そのままダンテの脇を抜けて走っていった。

手を伸ばしてつかまえたい、妻の後を追ってベッドへ行きたいという衝動をこらえ、ダンテは両手のこぶしを握って目を閉じた。

この三カ月間、自分でも認めようとしなかった思いが胸に迫ってきた。

エマを取り戻したい――ぼくの人生に。

そして、ぼくのベッドに。

4

これまでずっと、誰かを待つことなど拒否して生きてきた。でも今、わたしはダンテを待っている。

エマの胃袋がぎゅっと締めつけられた。おなかがいっぱいなような、それでいて同時に空っぽなような感覚。何を食べてもこの空洞は埋まらないだろう。

この二日間、ダンテは姿を消していた。

わたしを一人残して。

エマは下唇を噛《か》んだ。必ず戻ると父が空約束をして出ていくたび、母はいつもこんなふうに感じていたのだろうか。

いいえ、ダンテは父とは違う。彼はわたしに何も約束しなかった。すべてはわたし次第だ、出ていきたければいつでも出ていっていいと言ってくれた。

彼の温かい気持ちが骨までしみてくる――わたしを守り、わたしが彼をもっと深く知りたくなるまで待ってくれる、という心遣いが。

指一本触れられていないのに、この場にすらいないのに、彼の存在に影響されてしまう。

窓から眼下の滑走路にぼんやりと目を向ける。

これだから、誰かと深い関係になるのはいやだったのに。いつか王子さまが迎えに来てくれると信じる女にはなりたくなかったのに。

人生は母の愛読していたロマンス小説とは違う。

自分の身は自分で守れる。

こうしてとどまり、彼を待つと決めた自分の判断を信じていいのだろうか。いざとなれば逃げられるというけれど、本当に大丈夫だろうか。母に対する父のひどい仕打ちをさんざん見てきたというのに、わたしは自分の夫を、ダンテを待つと決めたのだ。

この間の夜、わたしはダンテを置いて階段を駆け上がり、寝室へと逃げ込んだ。この体がどうしようもなく彼を求めていたからだ。そんな欲望が、今もわたしをさいなんでいる。

プライベートジェットのエンジンが轟音《ごうおん》をあげた。みんなが待ち受けている人物がまもなく搭乗してくる合図だ。

思わず肘掛けを握ると、金色がかったベージュの革張りシートが音をたてた。

機内の通路にダンテが姿を現し、エマは思わず息をのんだ。黒のシャツを胸もとまで開け、のどがあらわになっている。袖口もまくり、太くたくましく少し毛の生えた前腕も見えている。引きしまった腰に銀のバックルのついた黒のベルトをし、黒いパンツに包まれた太もものたくましさが強調されている。

これは想像などではない。混乱したこの頭の中に残っている記憶だ。

ダンテは太陽のような人だ。

このまま駆け寄り、温かい腕の中に飛び込みたいという本能的な欲望があふれ出す。立ち上がって彼を迎えたいと全身が叫ぶ。そんな自分の体の反応に屈し、不安も疑念もすべて忘れて彼のキスを受け入れたいと感じるのもごく自然に思える。

ダンテが隣に腰を下ろした。近すぎると思いつつ、もっと体を寄せてほしいとも思う。

わたし、いったいどうしてしまったの?

この人はいきなり病院に現れ、ぼくはきみの夫だと告げてわたしを混乱に陥れたあげく姿を消した。残されたわたしは一人でこの混乱を整理しなければならなかった。

「やあ、エマ」名前を呼ぶ彼の声はまるで愛撫《あいぶ》のようだ。けれども、シルクのようになめらかなその声は心地いいどころか、この肌を逆撫《さかな》でしてくる。

なぜこの人はこんなに落ち着き払っているの？　わたしをさんざん待たせたあげく、今までどこにいたかもこれからどこへ行くかも告げず、ただ彼の帰還を喜んで迎えることを求めてきた。

でも、彼と距離をおきたいというのは、そもそもわたしのほうが望んだことだ。

胸に怒りがこみ上げてきた。「今までどこにいたの？」

「うちのホテルだ」ダンテがシートベルトを締めた。

「うちのホテルって？」彼が裕福なのは知っているけれど……。

「何百とあるうちの一つだよ」ダンテがうなずき、手を軽く振って離陸を命じた。

「これからどこへ行くの？」全身の血が熱くなり、エマはそう問いただした。

ダンテは平然とした顔でエマの腰に両手を伸ばし、彼女のシートベルトも締めた。手首が彼女の腰骨に当たり、腹部をかすめる。思わず体内がざわめき、声が出そうになるのをエマはぐっとこらえた。今日から旅に出ると今朝言われたばかりだが、それ以上の詳細は何一つ伝えられていない。

荷物を用意しようにも、クローゼットの中の衣類はどれも自分のものとは思えず、スーツケースに何を詰めればいいかさえわからなかった。

ダンテはシートの背に体を預け、静かながら強い視線でエマを見つめた。「日本だ」

エマが眉をつり上げた。「日本？」

飛行機が滑走路を走り始めた。

「東京だよ」

「東京に何があるの？」

「今から――」ダンテが手首の銀の腕時計にちらりと目をやる。「十二時間で到着だ」彼の視線がエマの顔へと移る。「ぼくがいなくて寂しかったかい、エマ」ゆったりした口調だ。

寂しかった? だからこんなに怒っているの? 思わず胸がふくらむ。「寂しがってほしかった?」

ダンテは手こそ自分の膝に戻したが、視線は合わせたままだ。茶色の瞳がブルーの瞳をのぞき込む。

「これは仕返しか何かなの?」エマの声がかすれた。

「だから何も言わず姿を消したの? わたしが三カ月前に姿を消したときに自分が抱いた感覚を、今度はわたしに味わわせるために?」

滑走路を進むタイヤ音が響く。速度が上がるにつれ、アドレナリンが放出され、エマの怒りがさらに燃え上がる。人生に、そしてダンテに怒りを感じるのはいい気分だ。

「わたしがいない間寂しかった、ダンテ?」

「以前のぼくたちならその気持ちを伝えていただろう」ダンテがすかさず答え、エマの全身が熱くなった。「だが、きみ自身思い出せないことに対して、なんでぼくが仕返しなどする?」

エマの胸が締めつけられ、息が苦しくなった。

「それは、あなたが覚えているから」こみ上げる激しい怒りは自分自身に――ダンテを求め、帰りを待っていた自分自身に対するものだ。「少なくとも、置き手紙はしたわ」

飛行機が離陸すると同時に、ダンテのまなざしがエマの顔に移った。「ぼくが戻ってこないと思っていたのか?」

「戻ってくることはわかっていたわ…… いずれは」エマは肩をすくめて答えた。男とはそういうものだ。父もそうだった。勝手に出ていき、気が向いたら戻ってくる。

「このとおり、戻ってきた」

傲慢な人。

「以前からこんなふうだったの?」

「というと?」

「こんなふうによくわたしを置き去りに?

「置き去りになどしていない。今だって、こうして一緒にいるじゃないか」ダンテが眉をひそめる。

「でも、こうしてよくわたしを待たせていた?」わたしはこんなふうに、ただ男性を待つ女だったということ? エマの胃がきゅっと締めつけられた。「ダンテ、わたしは誰かの人生の囚人にはなりたくないの」ごくりとつばをのんでも、のどの緊張がやわらぐことはない。

今日、家の使用人たちがわたしの見覚えのない衣類をスーツケースに詰め、待ち構えていた車にわたしを乗せた。人に指図されるまま、まるでわたし以外の全員が勝負の行方を知っているボードゲームの駒のように動かされている気分だった。

「今日いきなり使用人たちにスーツケースを用意され、車に乗せられ、あなたのところへ運ばれ――」話すうちにどんどん体が熱くなり、吐く息が炎のようだ。「わたしは荷物じゃないのよ!」

「すまない」

エマはまばたきした。「え?」

ダンテが身をかがめ、目線の高さを合わせた。唇に息がかかり、彼の肌の熱が伝わってくる。

「すまない」彼が繰り返した。

エマは何も考えられなくなった。てっきり何か言い訳すると思っていたら、まさか謝るなんて。

「何に謝っているの?」ちゃんと説明してほしい。〝すまない〟なんて、簡単すぎる。

視線を合わせたままダンテが言った。「メイフェアの家には寝室がたくさんある。そのうちのどこにでも寝ればよかった。だがそれはぼくたちの寝室ではない。だからホテルに泊まることにした――わざわざきみを起こすことも、きみみたいに置き手紙をすることもせずに。それについてはすまないと思っている。だが、今でも同じ決断をしただろう。きみが夫婦の寝室のベッドで眠っているのに、その隣の部屋で、自分たちのではないベッドで眠るなんて耐えられなかったんだ。だから出ていった。理解できたからだ――いや、今でも理解できる。きみが記憶のない人生をやり直すのに時間がかかるのと同様、ぼくにも時間が必要だと」

エマは挑みかかるように言った。「どういうこと？　説明して」

ダンテが広い肩をこともなげにすくめた。「妻が自分のことも、結婚したことも覚えていないんだ。病院から家へ連れて帰っても、一つ屋根の下にいながら触れることすらできないのなら……」

「そう？　わたしはすぐそばにいたでしょう」

ダンテが唇を結んだ。「ぼくは思ったことを言っているだけだ。だが、こんなことを言っても……」

「わたしたちの状況は変わらない」エマがあとを続けた。そんな彼の気持ちにはまったく思い至らなかったと恥ずかしくなる。自分がこれからどうすればいいかと、それだけで頭がいっぱいだった。

「ぼくたちの関係は……後戻りしている。だから、どこか別の場所で、別の国で、別の部屋で、一からやり直そう。どこかもっと……」

「つらくない場所で？　あの家には以前のわたしたちの思い出がありすぎるから？」

ダンテが顔をしかめた。「きみの記憶を取り戻すためにも、人生をやり直すにも、あの家は必要ない。二人きりで、あの家から離れたほうが……」

「お互い新しい気持ちでやり直せる？」

エマの顔をじっと見つめてダンテが答えた。「そういうことだ」

飛行機が水平飛行に入った。

「わたしもごめんなさい」こちらからも謝らなければ、とエマはため息をついた。「自分の記憶喪失のことで頭がいっぱいで、あなたがどれほどつらいか考えていなかったわ。一からやり直さなければならないのはわたしだけじゃない、あなたもそうよね。あなたの気持ちをもっと考えるべきだったわ。ごめんなさい」

「謝る必要などないよ、エマ」ダンテの声がかすれた。「きみは怪我《けが》をしていたし――」

「そんなわたしをあなたは迎えに来てくれた。ちゃんと説明もせず出ていったわたしなんてほうっておいてもよかったのに、ちゃんと来てくれた――」エマはごくりとつばをのんだ。「ありがとう」

ダンテのまなざしにとらえられ、息もできない。鼓動が速くなる。彼の言うとおり、わたしたちの間には火花のようなものが散っている。その熱に思わず引き込まれて……。

エマは無理やり視線を外して言った。「さっき、ホテルを何百と所有していると言ったけど……」目に見えず、理解もできない二人の間の熱などではなく、もっと現実に目を向けなければ、と、伏せたまつげの下からダンテを見上げる。「あなたはホテル経営者なの？」

ダンテがかぶりを振った。「ぼくは富裕者向け旅行代理店のオーナー兼最高経営責任者《CEO》だ」

「旅行代理店？」

「〈カペッタ・トラベル・エンパイア〉は顧客一人一人に合わせた胸躍る冒険を提供することに特化している。交通手段から豪華な宿泊施設まで、すべてを手配し、顧客に最高の休暇を提案するんだ」

「あなたがプランを立てるの？　観光ツアーを？」

「うちの旅行はただの観光じゃない、未知の世界への冒険だ。男も女も、世界をがらりと変える体験なんだ」

「がらりと変える？　どんなふうに？」エマはいぶかしげにたずねた。

「それは顧客によっていろいろだ」ダンテがエマの全身に視線を這《は》わせ、エマは体のあちこちが心ならずも硬くなるのを感じた。ダンテの視線がまた彼女の瞳に戻った。「エクストリームスポーツ、登山、地図にない峡谷をトレッキングしてありえない場所で寝泊まりする体験もある」

「その体験でお客さんが変わるの？」

ダンテの瞳がきらりと光った。「たとえば高所恐怖症の場合、きちんとした装具をつけて飛行機からダイブする勇気を与えてやる。肉体を自由に解き放ち、より高い場所へ到達し、限界を超えるんだ」彼が笑みを浮かべた。

エマは胃袋がひっくり返るような気がした。彼はわたしにもそんな体験をさせたということ？　わたしが最も恐れていた、結婚という経験に踏み切るための装具を与えてくれたということ？

「あなたにそんな生き方を教えてくれたのは誰？」

「祖父だ。祖父はパイロットで、国内線の航空会社を立ち上げ、大きくした。そして、父は……」ダンテがごくりとつばをのみ、エマは彼ののどぼとけが大きく動くのを見つめた。〝父〟という言葉を口にする彼の声が言いづらそうにこわばっている。

「お父さまは？」気になって先を促す。

「多才な人だった。パイロット。船長。冒険家。世界中どこへでも、そのときどきに自分の欲求を満たす場所へと、ありとあらゆる交通手段を駆使して飛び回った」そう答えるダンテの瞳から影は消え、心が読み取れない無表情になっていた。「父は祖父の経営していた小さな国内航空会社を大規模な旅行代理店へと大改革した――バックパック一つと、当時まだ黎明《れいめい》期だったインターネットのブログを使って。父の冒険を追体験したいという客が増え……」

「限界を超える体験を？」

「ああ。そこで父は自分のノウハウを顧客の希望する旅行プランにうまく適用し、大きな利益を得た」

「それをあなたにも教えたの？」エマはそうたずね、

ダンテの様子をうかがった。だがその表情に暗い影はささなかった。

ダンテが肩をすくめた。「遺伝みたいなものかな」

そんなダンテの本質を知りたいとエマは思った。記憶にはないけれど、わたしがこの人にひかれて妻にまでなった、その理由を。

「だが、今はもう実際に旅行の手配などはしていない」ダンテが続けた。彼の頬がぴくりと脈打つのが見えた。「自分でやりたいと思う場合を除いて」

「衝動みたいなものを感じたとき……とか？」エマには想像もつかなかった——危険を顧みず、ただ楽しむためだけでなく、生きているという実感を味わうための人生などは。

「アドレナリン、興奮、それこそがぼくの仕事であり、生き方だ。だが、それを味わうためにわざわざ山頂に立つ必要はない」二人の視線がからみ合った。

「もっと他の方法でもそれは味わえる」

エマの鼓動が痛いほど高鳴った。この二日間一人で使った寝室のベッドが目に浮かぶ。あのベッドをダンテと使っていたときはどうだったのだろう。

「それがわたしたちの結婚生活だったと？　アドレナリンが放出されて興奮に満ちたものだったと？」

「そうだ」ダンテの瞳がきらりと光った。「ぼくたちはいつも飽き足らず求め続けた。その欲望の激しさの前には二人とも無力だった」

もう長い間アルコールは飲んでいないが、まるで酒に酔ったように頭がぼうっとする。そんな感覚の中をエマは漂っていた。

「ぼくたちのセックスは——」ダンテの口からごく自然にその言葉が飛び出し、エマははっと息を止めた。「すばらしかったよ。互いに性急に求め合い、興奮を高め合った」

「まるでアドレナリン中毒のような、セックス依存症のような言い草ね！」

「実際そうだったよ。熱いキスを交わしさえすれば、たちまち情熱に溺れて」ダンテの茶色の瞳が黒くかげった。「まさに依存症だった」

わたしは何かに依存したことなどない。どんなことでも、一度体験すればじゅうぶんだった。

セックスの経験もあるけれど、情熱を感じたことはなかった。セックスはセックス。楽しめたこともあったけれど、しょせんは肉体的な発散にすぎなかった。

エマの視線がダンテの唇に落ちた。あの唇とわたしの唇が重なったらどんな感じだろう。二日前より強く衝動がこみ上げてくる。

あの唇を味わってみたい――ダンテの言う性急な欲求を、高まっていく感覚を。

一度だけでも……。

数カ月にわたる禁欲で神経が研ぎ澄まされている。こちらの唇をじっと見つめるエマの強い視線に気づいた瞬間、その神経に火がついた。しかもエマの体はゆっくりと、ほんのわずかずつ動いている。

今すぐ彼女を抱き寄せ、唇を強く合わせたいと本能が叫ぶ。

家を離れていた二日間も、ずっとあの唇を、あの柔らかさを思い浮かべていた。彼女の前に立ち、これまでずっと分かち合ってきた衝動のままにエマがこの腕に飛び込んでくるかと待ち受けた。だが彼女はそれを拒否し、一人で寝室へ去った。ぼくもあとを追って階段を上り、夫婦のベッドに行きたかった。

今後のことはエマにまかせると約束はしたが、彼女を求める激しい欲望は、胸の痛みはおさまらない。

勝手だとは思うが、もし一つ屋根の下にいたら、きっとすきあらば、のどもとの感じやすい部分に唇を這わせようとしていただろう。自分からは手を出さないという約束を破ってしまっていただろう。確かに待つと約束はしたが、もう我慢も限界だ。

だが、今目の前にいるのは、かつてぼくのシャツのボタンを引きちぎって乳首に舌を這わせてきたエマではない。唇での愛撫をせがみ、彼のもので満たしてほしいと求めてきたエマではない。この結婚は抑えきれない肉体の欲望を満たすためのものだと理解していたエマとは違うのだ。

目の前のエマはぼくがどこにいたかや、これからどこへ行くかを知りたがった。だが以前のエマが知りたがっていたのは、あと何分でベッドへ行きつけるかだけだった。いや、ベッドでなくても、壁でも、床でもよかった……。

あれこれと問いただされ、ぼくの頭にもさまざまな疑問が浮かんできた。

これまで彼女を囚人のように扱ってきたか？　置き去りにしたあげく、戻ってきたぼくを喜んで迎えるように仕向けてきたか？

確かにそうだ。だがぼくはいつも戻ってきた。それが二人の結婚のルールだった。

ぼくが立てた計画はシンプルなものだった。それは今も変わらないし、変える必要もない。たとえさまざまな疑問が生じてきたとしても。

今回は、エマに対して本来必要なかった対応をしてきたはずだ。顧客のように扱い、こうして仕事の出張にも連れてきた。これまで見せたことのなかった自分の一面も見せた。以前、別のルールで暮らしていたころは、そんなものを見せろと求められることもなかった。

だが今はルールが変わった。二人の関係を取り戻すためなら、ぼくはどんな手だって使う。自分の生き方について語り、この飛行機で日本へも連れていく。ぼくだけがエマに与えてやれるぜいたくな日々も、身震いするようなときめきを最優先にする日々も、ぼくとでなければ味わえないものだ。

エマは覚えていないかもしれないが、ぼくにはわかっている。彼女が求めているのはこのぼくだ。すでに作戦は功を奏し始めている。エマは少しずつ記憶を取り戻し、ぼくに近づいてきている。夜が来るころには、ぼくのベッドに戻っているはずだ。

心の中で快哉《かいさい》を叫びつつ、ダンテは静かに座っていた。

ここでへたに声はかけまい。

無理強いはしない。する必要もない。

主導権はエマにある。

そして、二人の唇が触れ合いさえすれば、彼女はもう後戻りできないはずだ。それはぼくも同じだ。

ダンテは息をつめ、エマが自分から歩み寄ってくるのを待ち受けた。

ブロンドのポニーテールが肩に揺れる。くすんだオレンジ色のブラウスと足首まであるオリーブグリーンのスカートが色白の肌を引き立てている。

二人の唇は今にも触れんばかりに近づいている。ダンテはこらえきれず身を乗り出し、エマがかろうじて保っている距離をさらに縮めた。

エマがまつげを伏せ、二人の距離はついに消えた。

エマの唇がわずかに触れた瞬間、ダンテの全身を欲望が突き抜けた。彼女の求めに応えるように、彼はエマの唇に舌を差し入れた。

全身の血液が下腹部へどっと流れ込む。エマが両手で彼の顔を包み込み、彼の舌をさらに深く受け入れようと引き寄せてくる。

この感覚には覚えがある。

ヒマラヤの最高峰エベレストに登ったとき、ダンテはベースキャンプと山頂との間で足止めを食った。疲労困憊《こんぱい》だったが、同時に興奮もした。

自然がぼくの限界を、ぼくの覚悟を試している。

誰も予測していなかった激しい嵐に見舞われ、視界ゼロの中、ベースキャンプに戻るザイルをたどることすらできない。酸素ボンベの容量もなくなりつつあり、ダンテはようやく見つけた岩棚になんとか身を隠して嵐の過ぎ去るのを待った。

これまでで最も死に近づいた瞬間だった。やがて嵐が去り、アドレナリンの放出がおさまったとき、ダンテは人のぬくもりを恋しく思った。自分が独りではないと確認したくなった。そんなものを必要としていなかったダンテには居心地の悪い感覚だった。

あの感覚がよみがえってくる。

人の――エマのぬくもりがほしいという感覚が。

ショックに全身がこわばる。彼女をあまり強く抱きしめてはいけないと腕を突っぱり、体を離そうとする。

ぼくは誰も必要としていなかった。いつか自分を捨てて出ていってしまう人に執着するまいとしていた。エマも一度はぼくのもとを去った。それなのに、こうして久しぶりにエマにキスすると……。

ぼくは彼女に心を奪われてしまったのか？　自分の命をかけるほどまでに？

そんなこと、認められない。

ぼくがほしいのはエマのぬくもりなどではない。彼女の熱い肉体、彼女とのセックスだけだ。

ダンテはエマの髪に指を差し入れて顔を仰向かせ、さらに深く唇を合わせて、その舌で、歯で、彼女を罰するようにキスを深めた。

「ダンテ……」あえぐようにささやくエマの唇に、自分の中で脈打つ欲望のすべてを注ぎ込む。

だがダンテの中には、心ならずもそれ以外の思いが生まれていた。

後悔だ。

この唇にもっとキスするべきだった、この炎を燃え立たせておく義務を怠ってしまった。もっと彼女にキスし、欲望をかき立てておくべきときに、仕事に忙しく彼女をほうっておいたという後悔だ。

だからエマは出ていったのか？

そんなことはどうでもいい。

今こうして、ぼくの腕の中にいるのだから。

ダンテはエマのブラウス越しに硬くとがった胸の頂を親指の腹で愛撫した。だがそれだけでは足りない。この口に含み、いたぶり、ここが興奮に脈打つまで吸い上げてやりたい。

唇を合わせ、舌をからめたまま、ブラウスの真珠貝のボタンを指で外し始めると、エマが甘い声をもらした。ダンテはさらに二人のシートベルトを外し、彼女のヒップに手を回してぐいと抱き寄せた。

白いレースに包まれたエマの胸が押しつけられてくる。今すぐ二人とも裸になり、肌と肌を合わせたい。彼女の中に入りたい。

ダンテがエマのスカートをまくり上げると――。

「やめて！」エマが唇をもぎ離し、彼の胸を押し戻した。だが、強い力で彼の胸板を押しながらも、彼女の瞳孔は大きく開いている。本当はやめたくないのだ。そこに本心が表れている。ぼくがほしいのだ。ぼくがほしいのだ。

だったら、なぜ止める？

二人は息を切らし、見つめ合った。

不可解な違和感がダンテの肩にのしかかってくる。なぜエマは笑っていない？　両腕を広げて身を投げ出してこない？　ぼくのスラックスのファスナーを下ろし、ぼくのものを解放して愛撫してくれない？以前ならキス一つですべて解決だったのに……。

「わたしは……」ダンテの胸板に当てた自分の手を見て、エマが唇をゆがめ、手を離した。「話がしたいの」そう言う声が苦しげにかすれる。

「話？」ぼくたちは話などしなかった。くだらない会話で行為を中断するようなことはなかった。「何について？」たずねる声がしわがれる。

「わたしたちのことよ。あなたと結婚したことは覚えていないけれど、でも知りたい、学びたいの。自分の夫をもっとよく知りたいのよ」

「学んでいるじゃないか」ダンテが言い返した。「ぼくの唇はどんな味だ？　口の中にぼくの舌が入り、この手で体に触れられてどんな感じだった？」

エマののどから頬がぱっと紅潮した。彼女は身じろいで大きく息を吐き、背筋を伸ばしてまっすぐ前を見た。「自分がどんな人間だったのか、今はどうなのか、あなたはどういう人なのか知りたいの。こういう――こういうことに惑わされずに」

「こういうこととは？」

エマがダンテの目を見つめた。「こんなふうに激しく触れ合ったりするのは、なんというか――」自分のブラウスに目を落とし、ボタンを留め始める。「あまりにも……ふしだらで」

「ふしだら？」ダンテはうめいた。ぼくのエミーなら、とっくにぼくのものを口で愛撫していただろう。そんな彼女の愛撫が恋しくてならない。

「自分の妻を求めることはふしだらでもなんでもない。裸のきみの中に入り、その脚で締めつけられるのを求めるのは当然だ」

エマが頬を染め、かぶりを振った。「もうやめて、お願い」

またあの山の岩棚で二人、嵐が過ぎるのを待っている気分だ。

二人は荒い息を吐きながら黙っていた。

「この飛行機には眠るスペースはあるの？」エマがたずねた。

ダンテはうなずいた。エマがまた逃げる気だとわかったが、自分もいったん彼女から距離をおき、傷をいやして作戦を立て直す必要がある。エマとのキスとそのあとの拒絶によって、ダンテ自身も好まざる影響を受けている。

ダンテはボタンを押して客室乗務員を呼び、エマを機内のマスタースイートルームに案内するよう命じた。エマが立ち上がり、乗務員のあとに続いた。

「ダンテ？」

ダンテは顔を上げ、さっきのキスで腫れぼったくなった唇に目をやった。手を伸ばしてその唇に触れたいという思いをこらえ、両手をこぶしに握る。

「日本であなたを知るのを楽しみにしているわ」エマはそう言い、背を向けて去った。

エマがこんなふうに背を向け、ぼくを拒絶したことは一度もなかった。それを二回もやられた。

以前はエマとろくに話などしなかった。エマが入院していた数日の間に、結婚していた一年間よりも彼女のことをいろいろ知った。彼女の母のことや仕事のこと、食事にも困る貧しい暮らしだったこと。それでもまだ、これまで考えもしなかった疑問が数多くわいてくる。

食事にすら困ったのはどれほどの頻度だったのか、彼女の母はどれほど仕事を転々としたのか、そしてエマはこの三カ月間どんな仕事をしていたのか。また食事にも困っていたのか。

ダンテは顔をしかめた。そんなこと、なんの関係がある？　ぼくは妻を取り戻したいだけだ。これまで知らなかったことを今さら知る必要があるか？

だが、心が重く沈む。

エマはもっとぼくとの時間を、会話を求めていたのか？　もし求められていたら、ぼくは会話に応じていたか？　今もその気はあるのか？

これもおもしろいじゃないか。変貌した妻をセックスなしに誘惑するのは……。

新しい挑戦だ。腕が鳴る。

喜んで立ち向かい、そして勝ってみせる。

5

エマはホテルのペントハウス・スイートのバルコニーに出た。そよ風が肌に心地いい。

ここへ来て二日たつが、まだ体に熱いものを感じる。ダンテとの関係で実感できるのはこの体の熱さだけだ。それ以外のことはまだ受け入れられず、ベッドをともにするのはやめてほしいと彼に言った。

眼下に新宿の街が広がっている。ホテルの最上階であるこの部屋から高層ビル群の明かりが見える。エマ自身街育ちではあるが、こんな光景を目にしたことはなかった。

雲をつく高層ビルの合間に見える富士山。もうすぐまた夕陽《ゆうひ》が山の端に沈むだろう。

エマはバルコニーの手すりに手のひらを押しつけた。

二日前にこのスイートに入って以来、ダンテとは話もせず、顔も見ていない。

闘いを挑んだエマに対し、ダンテは役員会があるという口実で距離をおいてきた。彼の行動の意味はわかっている。

彼は機内で明らかに弱みを見せてきた――妻が恋しいと。でもわたしは、彼の記憶の中の妻とは違う。少なくとも、今はまだ。

ダンテはすべて覚えている。二人の初めてのキスも、愛撫《あいぶ》の一つ一つも、二人のベッドで過ごした夜のすべても。

でもわたしにはまだ同じ疑問が残っている。なぜわたしは彼と結婚したのか、そして出ていったのか。それを知ることが、そしてダンテという人間を知ることこそがわたしの目標だ。そのためには、性急に唇を合わせたりすることなく、話をするしかない。あのとき機内で感じたアドレナリンの意味を追求する必要がある。

彼に屈し、組み敷かれるまま身をゆだねるのは簡単だ。でも、セックスだけが理由で彼と結婚したとはとても思えない。どれほど彼の甘いキスに酔わされ、快感を与えられたとしても、そんな理由で法的に結婚までするとは考えられない。

ダンテは愛という言葉を口にしなかった。それはありがたい。わたしは愛などほしくない。彼に愛してほしくもないし、わたしも彼を愛したくないはず。でも、お互い愛がないのなら、この結婚はいったいどういうものなのだろう。

まさか、本当にダンテの言うとおり、セックスのためだけ？　もしそれが事実だとすれば、二十六歳のわたしもそれに同意したのだとすれば、なぜそれほど体の相性のいい彼から去ったのだろう。

ダンテがもっと多くを要求してきたから？　かつて母が夢見ていたような結婚生活をわたしが彼に与えてあげられなかったから？　ダンテは子どもをほしがったのだろうか？　今もそれを望んでいるから、わたしを迎えに来たの？　まだわたしを説得できるという望みをかけて、離婚もしなかったの？

エマはごくりとつばをのんだ。わたしが離婚手続きをしなかったのも、ダンテの気が変わることを期待していたから？　それとも、本気で彼に恋してしまったから……？

音もなくダンテが近づいてくるのが、空気の動きでわかった。

「ぼくがいなくて退屈だったかい、エマ？」

エマは振り返らず、身動きもしなかったが、彼の低い声が体の奥までしみ通ってくる。

振り返って彼を迎えたいという衝動がこみ上げる。顔を上げ、この唇にまたキスしてもらいたい——何も考えられず、ただ彼の唇を深く迎え入れ、息が切れるほど熱く奪われたい。

しっかりしなさい、とエマは目を閉じた。そんなことができるわけがない。そのキスに心を奪われ、全身の血がわき立ち、思わずわれを忘れてしまうようなこの人となぜ結婚したのか、その理由がちゃんと理解できるまでは。

「退屈するわけないでしょう、この絶景に」エマは目を開け、夜の闇に溶けていくオレンジ色の夕映えの空に視線を据えたまま答えた。

「美しいな」ダンテがエマの隣の手すりに両手をつくのが視界の端に見えた。「よく耳を澄ますと、音が聞こえるよ」

「音？」

「夕陽が沈む音だ」

エマは黄昏《たそがれ》の空を見つめながら耳を澄ました。山の稜線《りょうせん》の闇へと沈んでいく夕陽の音が聞こえた。

やがてあちこちの窓に明かりがつき、通りも街も人工的な色とりどりの照明に輝き始めた。山は明日の朝まで見えなくなるが、闇の中にもそこに存在しているのはわかる。不思議な自然の力だ。ダンテもそうだ。そばにいなくてもわたしの中には居座って、ありとあらゆる思考に割り込んでくる……。

だめよ、リラックスしなさい。

「あなたは昔からずっとこうだったの？」

「どういう意味だい？」ダンテがきき返す。

もっと近づきたい、肘と肘を触れ合わせ、自分の体から彼の体へ電流を流したいという衝動をエマはこらえた。だめよ。欲望と話し合いは分けなければ。

「お父さまとのこととか、お父さまやお祖父《じい》さまの仕事のこととか。あなたの人生は――」エマは夜景を手で指した。「いつもこんな華々しかったの？」

「ああ。昔も、今もね」ダンテが答えた。

「もっとシンプルな生活をしたいとは思わなかっ

だ母の世話に明け暮れていた。わたしを育てるために母がやっていた清掃の仕事も、登校前に手伝っていた。それがわたしのふつうの生活よ。そんなスラム街の公営住宅育ちの娘が――」

「今こうしてここにいる」ダンテが静かに言った。

慎重に、あまり性急にことを進めてはだめ、と理性は告げるが、エマはどうしてもききたかった。

「あなたもお父さまを憎んでいたの？」

「ぼくが父を？　なぜそんなふうに思う？」そうき返すダンテを、エマはまだ見られなかった。すぐそばにある彼の体も、さらに身を寄せたいという自分の衝動にも目を向けないようにして彼女は続けた。

「さっき機内で、あなたがお父さまのことを口にしたときのためらいは、わたしにも経験があるの。父のことを考えるたびに自分の中で葛藤があって。父を憎みながらも、わたしがこの世に生まれたのは父の遺伝子のおかげでもあるし」エマはそう言うとダンテの低い声には、何か重苦しい響きがあった。

た？　もっと……ふつうの」

「ふつうというのを知らないんだ」そう答えたダンテの低い声には、何か重苦しい響きがあった。

「わたしはふつうよ」エマのその言葉は本心だった。こんな桁外れの億万長者がなぜわたしなんかと結婚したのだろうと改めて思う。

二人に共通していたものはなんだろう。

自分が過去について何を話したのかも、ダンテが何を話したのかも覚えていない。でも、ダンテから聞いた初対面のときと同じように、最初からやり直すしかない。まずはわたしから始めよう。

「わたしの人生は他の人たちとたいして変わらないわ」エマはダンテを見ずに語り始めた。あの刺すような視線を感じないほうが話しやすい。「ずっと父を憎み、母を支えながら生きてきたの。父はいつも不在だった。大金持ちやセレブたち専用のペントハウス・スイートで夕陽を眺めたことなどもなく、たンテの反応を待った。自分に生を与えた父親に対してこんなふうに感じるわたしに、彼はきっとショックを覚えるだろうと。

父の態度、娘に対するひどい仕打ちについては、母とも何度も言い争ってきた。母はいつも、それでもお父さんはおまえを愛しているのよと言っていた。

だがダンテはなんの反応も示さず、黙ったまま先を促した。エマは続けた。「ひどい娘だと思うだろうけど、わたしにそう仕向けたのは父のほうよ。母はそんな父の嘘《うそ》を真実だと思い込んでいた。母をそんな女にした父が憎い。母は――」

ダンテがエマの手に自分の手を重ね、エマはそれ以上続けられなかった。彼の手のひらの感触に気を取られて集中できない。何も求めていないのに、彼はこうしてわたしを慰めてくれる。

「お母さんを、どんな女にしたって?」そうたずねるダンテの目を見られない。その目に浮かんでいるであろう憐《あわ》れみを見たくない。

父が何をしたか、以前にも話したことがあったのだろうか。なぜ父のせいでわたしが結婚を望まないか、なぜわたしの人生を楽にしてくれる人がいるなんて信じられないのか、と。

「ドアマットのように、母は踏みつけられて耐えるばかりだった」エマは絞り出すように言った。「何度も父に言おうとしたわ、母に優しくして、せめて踏みつける前にブーツの泥をぬぐって、と。でも母は、静かにしなさい、お父さんを認めてあげなさいと言うばかりだった」お父さんと呼ぶことさえ耐えられない。「あの人はわたしやおまえが望むような人にはなれないし、これからも、守るべき約束を破り続けるだろうけど、と」毒のある言葉を吐くまいと努めてもこらえきれない。「父は十六歳だった母をたぶらかし、結婚の約束をしながらも守らなかった。それなのに母はそれから何年もの間父の嘘を信じ、いつか本当の夫婦になれると思い込んでいた」

おとぎ話を信じ、愛がすべてだと信じていた十代の母を思うと胸が痛む。それから何年たっても、何度嘘をつかれても、母は父を、二人の愛を信じ続けていた。

「やがてわたしを妊娠した母を父は捨てたわ。祖父母の家から追い出された母がそばにいてと懇願しても、父は戻ってこなかった。わたしが生まれたときでさえ……」なぜ父親が自分のそばにいてくれないのか理解できなかった幼い自分を思い出し、エマ自身も改めて傷ついた。「父は一年間会いにも来ず、ようやく来た二日後にはまた出ていった。会ったばかりの一歳の娘を抱く父の写真を見たわ」

呼吸が激しくなるまま、言葉が次々とこぼれていく——これまで語るのもつらすぎて長い間秘めてきた場所から。でも、わたしたちが結婚していたことをすんなり受け入れられない理由を、どうしてもダンテに理解してもらいたい。

「その次の写真はわたしが五歳のとき。その次は十三歳のときで、わたしは父を軽蔑の目で見ている。父もわたしを嫌っている。わたしが父を嫌うのは、わたしのそばにいてくれなかったからじゃない、母のそばにいなかったからよ。家を出ていくときいつも、今度来るときはずっとおまえたちのそばにいると約束したくせに。あんな男に母はもったいないわ」あふれてくる怒りの涙をぬぐってエマは続けた。「母の優しさも、辛抱強さも、献身も、あの男は受ける価値がない。あいつは母の心を傷つけ、その嘘で母を殺したのよ」

エマはそこでやっと横を向き、ずっと避けていたダンテの視線を受け止めた。だが彼のまなざしには、恐れていたような憐れみの色はみじんもなかった。だが共感の色もなく、ただまっすぐこちらを見つめてくるだけだ。その手は話を聞いている間も今も、ずっと動かず重ねられたままだ。

「だからわたしは飛行機の中であんなに怒ったの。あなたが黙って家を留守にしたとき――自分が母になってしまったようで」胸が激しくとどろく。自分がむき出しになったようで心細い。「絶対に母のようにはならない、どんな男性にも自分を捧《ささ》げたりしないと心に決めていたはずなのに、わたしはあなたと結婚したという。その理由が知りたいの。あなたを知り、父のような男ではないと確認したい。わたしは決して自分の信念、自分への誓いを破ったわけじゃないと。だからあなたを止めたの」エマは苦しげに言った。「だって、あまりにも性急で激しくて、わたしたちの結婚が、わたしという人間とはあまりにもかけ離れていると思ったから」

エマはダンテの手の下から自分の手を引っ込め、正面から彼と向き合った。両親のことを、両親の関係のせいで自分という人間が大きく変わったことを、他人に話したのはこれが初めてだ。

ダンテにすべてを打ち明けたら力が抜けてしまうだろうと思っていたが、むしろ再び力がよみがえってきたような気分だ。わたしは両親の記憶をダンテと分かち合うことを自分で選んだのだ。

「だから、この結婚を理解するために協力してほしいの、ダンテ」エマは胸を張って、顔を上げ、深く息を吸って続けた。「話して、あなたがどんな人間なのか。なぜあなたもお父さまを憎んでいるのか」

ダンテはかすかにかぶりを振った。

この二日間、ずっと会社の東京支社にこもってエマとの会話を避けてきた。まさか、会話で彼女をベッドに呼び戻そうとは考えもしなかった。だから、彼女が望むこの会話をどう自分に有利に進めるか頭をひねり、まずは目を見張るような景色や音の演出で彼女の気をそらし、興奮をかき立ててやろうと計画していた。

だが、こんな会話にはなんのメリットもない。彼女の気持ちもぼく自身の気持ちも深く探りたいとは思わないし、お互いの父の欠点を挙げて共通点を見つける気もさらさらない。

ぼくたちが求めるものは、ベッドの中にしかない。だが、目の前のエマは以前ぼくが与えていたものなどでは納得しないだろう。だからここは譲歩し、作戦を変えて、何か……話さなければ。

「ぼくの人生はつらいものではなかったよ」ダンテはそっけなく言った。「両親の夫婦関係を心配したこともなかった。そもそもそんなものなかったからね。日々の支払いや食事の心配とも無縁だった。少年時代に働いたこともないし、誰が誰の世話をするのか気にしたこともない。父は世界を征服して回る間、ぼくの世話は養育係《ナニー》たちにまかせきりだった」

そして女たちに、とダンテは心の中でつけ加えた。

「あなたのお父さまもあなたを放置していたのね」エマが勝手に話をまとめた。「息子のことは他人にまかせて、自分のことだけ考えていたのね」

「そういうんじゃない」言い返しながらも、それは嘘だとダンテにはわかっていた。「ぼくも大人になってからはみずから世界を征服したからね、父の人生の信条に導かれて」

「それはわたしも――あなたと出会う前のわたしも同じよ」エマが苦い顔で言った。「父の人生の信条に影響されて、誰とも深い関係にならずに……」

「捨てられるのが怖かったからか？」

ダンテの胸がずきんと痛んだ。エマは自分自身が怖《おそ》れていた仕打ちをこのぼくにしたのだ。ぼくが母にされたのと同じことを。父は違った。ぼくを捨てることはなかったが、なんの約束もしなかった。

それでいいのだ。ぼくの父親なのだから。ただそこにいるだけでよかったのだ。

「そうよ」エマが答え、ダンテはっとわれに返った。エマのコットンドレスの細いストラップがむき出しの肩から落ちている。彼女が指でストラップを肩に戻すしぐさに、思わずつばをのみ込む。

「自分が帰ってきたりまた出ていったりを繰り返すことがわたしと母の生活にどれほど影響を及ぼすか、父は考えもしなかった。あなたのお父さまも同じじゃないかしら」エマにそう決めつけられ、ダンテはぐっと唇を結んだ。エマはさらに言葉を続けた。

「あなたが会社の役に立つように成長するまで、お父さまはあなたをナニーたちにまかせてきた。ご自分の利益になるようになってから、ようやくあなたの前に現れたんだわ」

エマはぼくの人生のことなどわかっていない。ぼくのこともわかっていない。

「同じなんかじゃない」ダンテはそう言い張った。

「そうかしら？」エマの青い瞳がダンテの視線をとらえ、ダンテは激しい動揺を覚えた。

「なぜぼくが父を憎んだりする？」ダンテはこらえきれずエマに歩み寄った。「ぼくが今持っているものも、こうしてぼくが今いるのも、すべて父のおかげなんだ」

エマは、まるでダンテが自分の苦しみの源であるかのように彼を見つめた。ダンテの足が止まった。なんだ、これは。気に入らない。

エマに聞かされた話も、彼女の両親の関係も、何もかもいい迷惑だ。

以前なら、とっくにエマの体に触れていたはずだ。ウエストに両手を置き、水玉模様のコットンドレスの上からヒップへ、太ももへと這《は》わせて膝丈の裾を探り、夜景を眺めるエマを後ろから抱きすくめて背後から何度も貫いていた――彼女が何も考えられなくなり、大声でぼくの名を叫ぶまで。彼女の苦しみを情熱へと変えてやっていたはずだ。

　ダンテは両手のこぶしをぐっと握った。

　だが今は、このエマ相手には、まだそんなことはできない。

「だからあなたはお父さまを恨んでいるの？」エマが静かにたずねた。

「なぜ父を恨む必要がある？」そんなのは嘘だ、と自分に言い聞かせ、ダンテはうめくように言った。「きみはぼくたちの間に共通点を探そうとしているが、そんなものはない。今のぼくは父の生き方のおかげで築き上げられたものなんだ」

「わたしは母を愛していたわ。何をおいてもわたしを大切にしてくれた人だった。でも、母の生き方は恨んでいたわ」そう告げるエマの声がひび割れた。その事実を認めるのがつらかったからに違いない。「母が弱かったから父をつなぎとめられなかった。わたしと他人とのつき合い方が変わったのは父のせいだけじゃない、母のせいよ。母のせいでわたしはこんなに臆病になって――」ダンテに顔を向けたエマの瞳から感情はうかがえない。「誰かを愛しても、その人にすべて奪われて、自分が抜け殻になってしまうんじゃないかと」

　愛？　ぼくたちが愛し合っていたと思っているのか？　この結婚が、ぼく自身望みもせず実感もない、愛などという感情によるものだと？　エマだってぼくと同類だったはずだ。だからこそぼくたちの相性は最高だった。お互い感情の動きなど必要とせず、ただ肉体的な欲望を求めるもの同士だったはずだ。

　エマはそれを怖れていたのか？　だから、自分が望めば離婚もできるという確約をぼくに求めたのか？　前回自分が出ていったのは二人の関係に感情的に依存するようになったせいだと判明した場合に備えて、逃げ道を作っておきたかったのか。

　エマはわが身を守るように腰に腕を巻きつけた。

「子どもはいずれみんな両親と同じような人間に育

つと思う？」

「かもしれない。なぜ？」

「あれほど自分はそうならないと心に決めていたのに、結局わたしもそうなる運命だったのかと……」

「お母さんのように？」

「そう」エマが顔をしかめて続けた。「逃れようのない、遺伝子に組み込まれてでもいるのかも……お父さまの遺産を受け継ぐことから逃れられなかったあなたと同じように」

ダンテは言い返さなかった。遺伝子は否定しようがない。ぼくはしょせん父の息子なのだ。伝説的な親にふさわしい息子になる重圧も、期待に応えられない不安も、よく知っている。

エマはその逆だろう。彼女は親の血を受け継ぎたくなかった。

「ぼくの父は亡くなったよ。今では思い出すこともほとんどない」この話はもう終わりにしようと、ダンテはスーツの上着を脱ぎ、また一歩エマに近づいた。「父は単純な男だった。生きたいように生き、死ぬまで人生を存分に楽しんだ」

「亡くなった？　どのように？」エマがささやく。

「単独冒険旅行で外洋に出て――」ダンテは空っぽの手のひらを上に向けた。「船だけが戻ってきた」

「お気の毒に」

ダンテはさらにエマに歩み寄った。「そんなこと思わなくていい。父ならきっと拍手喝采していた」

エマがぎょっとした。「拍手喝采？」

「冒険家は冒険の中で死ぬ。父もそれを望んでいたはずだ」ダンテは肩をすくめた。

「自分の思いどおりに？」

「思いどおりに生き、そして思いどおりに死ぬ。最高の人生じゃないか」そう言って見ると、エマが興奮したように小鼻をふくらませ、むき出しの肩をこわばらせた。彼女の頭の中では男はみんな同じ、死ぬまで自己中心的なのだろう。

ぼくもそうなのか？　エマがそう思うのは当然か？　ぼくが彼女を手放さず、こうしてそばにい続けるのは自分自身のためか？

もちろんそうだ。だがそれと同時に、エマの要求もすべてかなえてきたはずだ。

「お母さまは？」エマがダンテの目をじっと見つめ、待ち受ける――彼の返事の中に、探し求める答えを。

「母は――」この話をどう続けたものか。これまで誰にも話したことのない心の奥底をどう打ち明け、二人の間にないはずの共通点をどう見出《みいだ》せばいいのか。「ぼくの人生に母の影響はまったくない」

「なぜ？」

「母はぼくを産んだあと、家を出て新たな生活を始めた」ダンテの胸の中に、これまで感じたことのない熱いものがこみ上げてきた。「医師がへその緒を切ると同時に家を出ていったんだ」

エマが再び身震いした。「あなたを置いて？」

「ぼくには父がいた」

「そんなの、誰もいないのと同じじゃない」バルコニーを照らす柔らかな琥珀《こはく》色の光の下で、エマの腕に鳥肌が立っているのが見える。寒いのだろう。その肌を温める方法ならいくつも知っているが、今の彼女はそれを求めてはいない。

確かに、エマの言うとおりだ。

ぼくはずっと一人だった。

エマと出会うまでは。

ダンテはスーツの上着を彼女の肩に着せかけ、襟もとを合わせてやった。

「でも今は、きみにはぼくが、ぼくにはきみがいる」そう言いながら、ダンテは嘘だと思った。それはあくまでもいっときのこと、いずれぼくが彼女を求めなくなるか、彼女がぼくを求めなくなるか、それまでのことだ。

今にも手で触れられそうな沈黙が流れた。

エマがわずかに肩をそびやかし、息をつめる。

彼女の髪に顔をうずめ、むき出しの肩にかかる髪をつかんで抱き寄せたい、耳の後ろの肌に唇をつけて味わいたい、その唇を首筋へとすべらせ、感じやすい肩に歯を立てたいという衝動をダンテはこらえた。できることならそうやって二人、もとどおりの関係に戻り、最初からやり直したい。

だが、ぼくたちには〝もとどおり〟などないのだ。あるのは今このときだけ、目の前の彼女だけだ。

そしてぼくは、もうキスはしないでという彼女の要求に同意した。でも本心はしたくてたまらない、二人の距離を縮めたくてたまらない。二人のつながりに、以前はあった深いつながりに心ゆくまで身をゆだねたい。

目には見えないつながり――自然、あるいは神と呼んでもいいようなものが、そこにある。

だが、キスも、柔らかな肌も、熱がこもらないものなら、自由に与えられないものなら、必要ない。

ダンテは身を引き、かすれた声で言った。「ベッドへ行くんだ、エマ」

「ベッドへ?」エマの声もかすれた。自分さえその気なら彼女をベッドへ誘い込める。今回は彼女もぼくを喜んで受け入れるだろう。

ダンテはエマからさらに離れた。

「ダンテ――」エマが彼に手を伸ばした。

ダンテはかぶりを振り、永遠とも思える距離まで下がった。

この数カ月、エマのことばかり考えていた。この体に触れる肌の感触。味わい。寝ても覚めても、心のすべてを奪われていた。

そんな思いに目をつぶる。これまで知らなかった、この胸にこみ上げる痛みに。

そんなものはいらない。エマにいくら掘り返されようとしても。

「もう夜遅い」

エマがほしい。でもこんな形ではいやだ。自分の気持ちや苦しみを語り、ぼくの苦しみを知りたがる、そんなエマなどいらない。

だから今夜は、これで終わりだ。

また仕切り直しだ。二人がどんなふうに結婚生活のバランスを維持してきたかを示す方法をまた新たに見つけよう。感情のやり取りも、幼少期のトラウマを語り合うこともない、セックスを楽しむだけの関係に戻るために。

「おやすみ、エマ」

6

ダンテの計画はいつも失敗だった。今振り返るとそれがよくわかる。

エマの気持ちを盛り上げようと日本へ連れてきた。だがエマはそもそも、そんな世俗的な冒険旅行など興味がなく、誰もがふつうと感じている暮らしのぜいたくさを求めていた。ぼくの腕の中で守られ、安心を得たがっていた。契約という制限つきで、欲望に満ちた、だが愛のない結婚を求めていた。

以前から知っていたはずの、そんな肝心な事実を忘れていた。エマは感情に縛られることなく、経済的な安定と欲望の充足だけを求めていたのだ。

そして今、その理由がわかった。

エマは二人の間の熱について深く探求する気はないのだ。そんなものを、ダンテという人間を、信じていないから。

だが今夜は、信じていいことを証明してみせる。

この三日間、ダンテは二人のトラウマや感情などとは関係なく、ただエマの感覚を刺激し、興奮させることだけに集中して計画を立ててきた。

だが今夜は、彼女の信頼を勝ち得て喜ばせてやる。そして、二人の結婚をもとの軌道に戻すのだ。

ダンテの体が期待に硬くなる。これまで自分の激しい欲求を抑え、エマが求める距離をおくべく努めてきた。この努力を今夜はわかってもらわなければ。

ダンテは目を開け、今夜の誘惑の舞台をチェックした。

二人用にしつらえられた白いクロスのかかったテーブルの四隅には小さな陶製の燭台《しょくだい》が置かれ、長いキャンドルがともっている。黒地に金色の型押し文字の入ったメニューが、エマの指で開かれ、吟味されるのを待っている。このメニューを記した人間が彼女の好みを熟知していることをわからせるように作り上げたものだ。

ぼくはエマの望みをすべてかなえ、エマは夜空の下、人の手で作られたこの桜の林の中で、ぼくと二人で食事を楽しむ。

そのあとは、彼女の肉体の欲望もすべてかなえてやる。

両開きの黒いドアが開いた。ドアマンが両側に一人ずつ、うやうやしく頭を下げ、白手袋の手でドアを支えている。

エマの姿を目にした瞬間、ダンテは息をのんだ。

なんという美しさだ。

繊細な深紅のシルクに銀のスパンコールをあしらい、紫と黒のレースを重ねた、豪華で美しいドレスだ。肩と背中は大きく開き、身頃は体にフィットして、ウエストから裾へとフィッシュテール型にふわりと広がっている。

ダンテはそんな彼女を、曲がりくねった白い石の小道を歩くたびに女性らしい曲線を描くヒップが揺れるのを陰から見つめた。

エマが木の上へ視線を向けると、豊かなブロンドの髪が背中をかすめて揺れる。髪を高いポニーテールにまとめた銀色の髪留めがきらりと光る。あの髪留めをこの手で外し、むき出しの背中に落ちる髪をこの目で見てから握りしめたい。

だが、ダンテはまだ身動きせず見つめ続けた。

エマは木の一本一本に、頭上に伸びる枝の一つ一つに目をやり、鮮やかなピンクや純白の花びらを観察する。やがてその視線が花壇へと移る。ピンクや黄色の野の花へ、縁の赤いオレンジ色の花びらへと。

それぞれの木の枝からつるされたランタンの柔らかな琥珀《こはく》色の光の下、エマの姿は虹色に輝いている。まるで木々や花々をつかさどる妖精のように、この場にしっくりなじんでいる。

ふいに記憶がよみがえり、ダンテはスーツの下の肉体がわずかに反応するのを感じてたじろいだ。

美しく盛りつけられたかごをひっくり返し、寝室へ向かう間も惜しんで服を脱ぎ捨てていったあの日。

エマがサプライズで用意したピクニック用の弁当も、庭園を愛するエマの気持ちも、なぜそもそもあのメイフェアの家を選んだかすらも忘れていた。

それを今、思い出した。

仕事を終えたエマを車で迎えに行き、家の内覧に連れていった日のことだ。が、ダンテは家に入ることなく、エマを秘密の庭園へ連れていった。コンクリートジャングルのロンドンの中で庭園を目にしたエマの表情がぱっと明るくなった。

そこでダンテは、秘密の庭園つきの物件に片っ端からエマを連れていき、彼女が一目ぼれしたあの家を購入した。

婚約し、メイフェアの家へ引っ越したあと、ダンテはエマが掛け持ちしていた三つの仕事をやめさせようとしたが、彼女は納得しなかった。夜間はレストランのウエイトレス、日中はカフェのケータリング担当、そしてその合間に派遣の清掃……。

あの当時、エマはいつかぼくに捨てられることを恐れていたのではないか。誓いの指輪をはめ、契約書に署名するまでは、結婚しようというぼくの約束が嘘《うそ》なのではないか、と。

だがぼくは彼女を経済的に支え、要求にも応えてやった。

だったら、なぜ彼女は出ていった？

心の中で何か重いものが動くのをダンテは無視した。エマは今ここにいる。大切なのはそれだけだ。

テーブルまでやってきたエマはその場に立ったまま、キャンドルやクリスタルグラス、銀食器を指でなぞっている――。

ダンテは木の間を抜け、足音を忍ばせてエマに近づいた。すぐ背後に歩み寄ったとき、彼は彼女の存在感に、その香りにはっと胸をつかれた。

「ダンテ！」振り向いたエマが目を見開き、彼の胸に手を当てて体を支えた。「ありがとう。すばらしいわ。この庭……」うるんだ瞳がダンテから木々へ、花々へと移る。「母とわたしは安い公営住宅を転々としていたけれど、アパートでもメゾネットでも一軒家でも、いつもそこには緑があったわ。窓辺に置いた植木鉢でも、居住者共有の庭でも。わたしはよく母の蔵書を拝借して、夜中に部屋を抜け出しては、木々の間からもれる明かりの下で本を読んだものよ。その間だけはつらい生活も、母の涙も忘れて……庭は静かで穏やかで、安心できる場所だったの」

ダンテはエマのふっくらした半開きの唇からのどへ、くっきりと刻まれた鎖骨へと視線を走らせた。

このまま彼女が来た道を戻り、スイートルームのベッドへ連れ戻して、その体を味わいたい。あの唇を唇でふさぎ、聞きたくもない、聞く必要もない彼女の昔話を終わりにしたい。

だがダンテはぐっとこらえ、彼女の指の下で胸が激しく高鳴るにまかせた。

「わかったわ」

「何が？」

「わたしたちの結婚の意味がやっとわかったの」エマが答えた。

ダンテは眉をひそめた。「というと？」

「二人とも……不安定な子ども時代を過ごしてきたから、互いに安心できる場所を見出《みいだ》したのよ。激しく求め合いながらも安定した生活を」

ダンテは両手のこぶしを体の脇で握りしめ、エマに手を伸ばしたいのをこらえた。できることならあのほっそりした腰からヒップへと手をすべらせ、ぐいと抱き寄せて、二人の体の相性がいかにぴったりかを身をもって教えたい。もう言葉などいらない。ぼくだけがいればいいのだと教えたい。

「あなたはわたしの庭なの」エマのその言葉に、このままゆっくりとベッドへ誘い込むつもりだったダンテの決意はもろくも崩れた。

ぼくはきみの……庭なんかじゃない。

やはりすべてを話さなければ。この結婚が契約であったことも、そのルールも……。

このままエマの推測にまかせ、勝手な結論を導き出されては困る。なぜ彼女がぼくを信頼し、ぼくと結婚したのか、エマが聞きたがっている真実を話したうえで、改めて彼女を誘うのだ。二人の結婚について彼女が生み出している幻想を断ち切らなければ。

「ぼくたちの結婚は、そんな……庭などとはなんの関係もないよ、エマ」ダンテはきっぱりと言った。

「あるのはただ、ぼくがきみをどう感じさせるか、きみがぼくをどう感じさせるか、それだけだ」

エマがいぶかしげに目を細め、ぐっとあごを突き出して頬をひくつかせたダンテの顔を見た。「あなたがわたしをどう感じさせるかって？」

「ぼくたちは契約を交わした。互いに続けていいと同意する限り継続する、純粋に肉欲だけに基づいた結婚だ。最初は一年契約で合意し、一年後まだ満足であれば、さらに三年延長する予定だった。ぼくたちは互いにその契約に満足していた」ダンテはそう断定した。そのはずだと、少なくともぼくは思っていた。

だがエマは出ていき、書類上は契約は終了した。

いや、そんなことをわざわざ強調する必要はない。ただぼくの知る事実だけを告げるのだ。エマもそれを聞きたがっている。ぼくの望まない別の理由にすり替えられるのはごめんだ。水をやり、愛情込めて世話してやらなければならない庭の花のようなものはぼくはいらない。それはエマも同じはずだ。

「エマ、きみがお母さんのようになることはありえないよ。ぼくもきみも、結婚に同じものを求めていた。互いに心ひかれたり、愛したりすることなく、ただ相手の肉体だけを求める関係だ。ぼくもきみも、人の愛し方を知らない。二人とも愛など偽りだとわかっているからだ。だが互いに信頼はあった。二人とも契約はきちんと守ると」ダンテがそう言うと、エマの息づかいが荒くなった。

「契約って、どんな？」

「シンプルな契約さ。互いに飽きるまで、相手に好きなだけ求めること」ぼくはまだ飽きていない。エマもそのはずだ。

「で、飽きたらどうなるの？」エマがたずねた。

「ぼくたちは離婚し、きみは手切れ金を受け取って生涯安泰に暮らす」

「で、あなたはこの結婚で何を得たの？」

「きみだよ」ダンテの胸に当てたエマの指が彼のシャツをぎゅっとつかんだ。ダンテはかすれ声で続けた。「エマ、ぼくたちはまたやり直せるんだ――」

「感情を伴わない、肉体関係だけの結婚を」エマが続けた。彼女の頰が赤らみ、鼻腔《びこう》がふくらみ、胸が不規則に上下するのをダンテは見つめた。「嘘も裏切りも、守られない約束もない……セックスだけの関係。わたしがあなたをほしくなくなるまで」

「あるいは、ぼくがきみをほしくなくなるまで」ダンテは言い添えた。彼女を再びベッドに迎え入れるには、ルールを知っておいてもらう必要がある。

「わたし――」

ダンテはかぶりを振り、低い声で言った。「何か言う前にこれだけはわかっておいてくれ。きみがこの結婚の継続を望もうが望むまいが、これまで説明した契約は今も有効だ。離婚を選んだ場合も、生活費はきちんと保証する。だがもし――」

「もしあなたとベッドをともにすることを望んだ場合、それはあくまでもセックスだけということ?」

青い瞳が探るようにこちらを見すえる。

「そのとおり」そう答えた瞬間、ダンテの中で何かが動いた。だがそれは勝利でも全身を貫く高揚感でもなく、もっと重く暗いものだった。「感情抜きの、欲望だけの関係だ」ダンテはエマの手に自分の手を重ね、彼女がぽかんと口を開けるのを見て続けた。

「ぼくはきみの欲望をすべて満足させられる」

三カ月と三日、ひたすらこの瞬間を待っていた。エマがこの腕の中に戻ってきて、再び自分が力を取り戻す瞬間を。だが今は、まったく力を感じない。むしろ、雪山に一人取り残されている気分だ。

まるで鞭《むち》打たれたようなショックだ。

ダンテはわたしがバルコニーで要求した、わたしたちの結婚の真実を聞かせてくれた。そして、ダンテ自身についてもよりよく理解できた。

それでもわたしは満足できなかった。

ダンテはわたしに、桜の林や、黄色の花びらの先が赤くなったアイリスや深い紫とピンクのチューリップ、その他名前も知らない春の花が咲き乱れる庭園を用意してくれた。感情の伴わない、彼にとってなんの意味もない妻に対してここまでしてくれるなんて、とても考えられない。契約どおりの肉体だけでなく、内面までよく知っているかのように、わたしの望むものをこうして創り出してくれた。

体を求めるのではなく、ただこの手を握ってくれた。わたしを見つめ、安心させてくれた。

でもそれも、結局はなんの意味もなかった。

わたしは自分をさらけ出し、過去についても包み隠さず語ることで少し力を取り戻した。でもその結果は？　結局わたしたちの結婚はほんのうわべだけのものだった。心ではなく、体だけの関係だった。

わたしたちは契約を交わしたという。心の結びつきでも愛でもなく、ただ欲望を満たし合うために。契約終了に備えてあらかじめ経済的保証も込みの、思う存分セックスするためだけの結婚だった。

さまざまな疑問が次々にわいてくる。

でも、考えてみれば腑《ふ》に落ちることもある。二人が出会った経緯も、なぜ愛情抜きの結婚を選んだかも。わたしたちは同類だ。心安らげない家庭で育った二人が出会うべくして出会ったのだ。

どちらも常に不安定な環境にさらされ、だからこそ二人の関係を念入りにルールで律したのだ。

「そうやってわたしを説得したのね」

「そうだ」

もし、転倒して病院に運ばれた最初の夜にこの契約の話を聞いていたら、わたしはダンテと一緒にいただろうか？

それはない。

二十六歳まで成長したわたしだからこそ、人生の現実を見てきたうえで、何にも誰にも頼るまいと決意し、安定した将来に心動かされた女だからこそ、そんな契約に同意できたのだ。

二十二歳のわたしなら、そんな危険は決して冒さなかったはずだ。そんな情熱まかせの契約など、へたをすれば大やけどをしかねない。そのまま彼のもとを離れることができなくなるかもしれない。なぜなら、そのほうがずっと楽だからだ。

でも、これまでさんざんつらい人生を生きてきたのだから、楽な道を選んでもいいはずだ。

ダンテと出会うまでは、人生の厳しさから守ってくれる人も、ぎりぎりの暮らしを果てもなく続ける以上の余裕を与えてくれる人もいなかった。

ダンテは絶妙のタイミングで、一度は出ていったわたしが助けを求めているときにやってきた。

なぜだろう。これは本当に、ただ互いの欲望を満たすだけの関係だろうか。それとも、ともに暮らした一年の間に事情が変わったのだろうか。この結婚は本当にわたしが望んだものだったのだろうか。ダンテの唇で、体で満たされ、わたしの欲望は本当に満足したのだろうか。

ドレスの下の繊細なレースのブラジャーやサスペンダー、ストッキング……これまでの人生で身につけたこともないそんな下着を、今夜は本能的に選んだ。そのことで勇気がわき、官能が刺激された。二十二歳のわたしならありえなかったことだ。

ダンテが病院に迎えに来てからというもの、自分の中の空っぽな部分が口を開けたような気がしていた。この空虚を埋めるには、これまでずっと否定してきた欲望に身をまかせればいいのだろうか。

その源がわかった今、こんなにも激しい欲望を否定する必要があるだろうか。

自分がなぜダンテから、結婚生活から去ったのか、そしてバーミンガムへ戻ったのか、なぜ離婚を要求し契約どおりの手切れ金を受け取らなかったのか、今はそんなことはどうでもいい。

ダンテの言うとおりだ。置き手紙になんと書いたにせよ、わたしは彼との関係を完全に断ち切ったわけではなかった。それは彼も同じだ。

お互いに、相手が戻ってくるのを待っていた。だから今夜は勇気をふり絞らなければ。

ダンテに触れてもらいたい。そして自分自身も、二人の間に燃える炎に身を投じ、彼の熱い瞳に溺れたい。二人で最初に決めたとおり、心ゆくまで彼との行為を堪能し、そしていつか、もう彼が必要なくなれば、そのときはきっぱりと出ていこう。

わたしがどんな選択をしようが、経済的な安定は保証するとダンテは言った。その言葉を信じる。

自分の意思のままに、そして自分と彼が喜ぶ選択ができる、そう思うと力がわいてくる。

エマはふいに緊張してきた。せっかくきれいに口紅を塗った下唇を汚したくなくて、頬の内側を噛《か》む。痛みで少し気がまぎれる。

セックスがどういうものかは知っているし、ベッドでの自分の役割もわかっている。相手に快楽を与える道具となり、自分もそれで快楽を得る。

でもダンテは違う。彼には、これまで他の人に触れたのとは違う気持ちで触れたい。彼の前にひざまずき、この唇で、舌で、彼に歓《よろこ》びを与えたい。そして彼にもひざまずいてもらい、彼の肩にふくらはぎをのせて、わたしを存分に味わってもらいたい。

そう、わたしたちはきっとこんなふうだったのだと思うと力がわいてくる。どちらか一方だけが快楽を得るのではなく、ゴールを争うのでもない。彼となら、互いに歓びを与え合い、対等にゴールできる。

ダンテの視線をむき出しの肌に感じ、エマの体は内側からほてり、痛いほどうずき始めた。

今回は火がついてもかまわない。

ダンテとわたし、どちらも思いきり燃えるにまかせればいい。そう決めたのはわたしだ。

今夜、感情抜きでダンテと過ごす。彼はわたしの欲望をすべて満たし、わたしもその激しさに応える。

それの何がいけないの?

エマはダンテの白いシャツ越しに胸板に当てた手に力を込めた。重ねられた彼の手の熱が伝わり、つま先から頭の先まで熱くなる。

「キスして」怖《おそ》れることなく彼のキスを求めることでまた力がわいてくる。

「エマ」ダンテが低い声で警告するように言った。その声が胸に当てた手に響く。「もっとちゃんと言葉にしてくれ、きみが何を求めているのか、何を選択したのか」

そう、わたしも声に出して伝えたい——この結婚のために二人で決めたあの契約を受け入れると。

「あなたとの結婚を、契約を選択するわ。感情抜きで、欲望だけの結婚を……」そう言ってエマはダンテの顔をゆっくり見た。完璧に整った顔だ。耳にかかる黒髪、高い頬骨にがっしりしたあご、気品ある鼻筋。そして深い深い茶色の、そのまま飛び込んでしまいたくなるような瞳。

「ダンテ……」息がはずむ。

「エミー……」警告ではなく、訴えるような声だ。そしてこのわたしの体も、二人の間の熱に屈してしまいたいと訴えている。

エマはつま先立ち、ダンテとの距離をつめ始めた。近づくごとに期待が高まっていく。

そしてついに、ダンテの唇がエマの唇をとらえた。

7

ダンテはエマに、彼女のキスに溺れ、重ねた唇の間からうめき声をもらした。

あなたのもとに、もとどおりの関係に戻りたいというエマの言葉に、思わず息をのんだ。ずっと待ち焦がれていた歓《よろこ》びの源が今この手の中にある。

この瞬間をどれほど夢見てきたことか。だがこれはかつて現実のものだった。温かくスパイシーなエマの唇を、かつては何度も繰り返し、心ゆくまで味わったものだった。

そのエマが姿を消し、ダンテは毎日毎夜、熱に浮かされたように彼女を夢に見た。忘れようとしながら、求めていた。そして今、エマがここにいてぼくを求めてくれている。

もっと近づきたい。この衝動を満たしたい。

ダンテは自分の胸とエマの胸を合わせ、柔らかい胸に固い胸板を押しつけると、むき出しの肩を両手で愛撫《あいぶ》した。そのまま腰から背中へと手を這《は》わせ、くぼみに指を食い込ませてぐいと抱き寄せる。

だがまだ足りない。

唇の間を舌でなぞって開かせ、さらに深くむさぼっていく。

まだまだ足りない。

二人を隔てるものは薄い服の生地だけだ。この服を脱ぐには一度エマから手を離さなければいけないが、それができない。頭にそう命じても体が言うことを聞かない。

「エミー……」自分でも気づかないうちに、合わせた唇の間からかすれた声がもれた。

体は熱く燃えているが、頭は意味不明の言葉をささやいている。自分自身が使わないその言葉に体が反応し、押しとどめている。目に見えない手かせがこの両手を止めている。

ダンテは心の中で抗弁した。最初はエマに優しくしようと思っていた。だが今はもっとせっぱつまった気分だ。今ここで、この庭園で彼女を抱きたい。

一方で、彼の中のすべてが、もっとゆっくり進めろと言ってくる。ずっと恋しかった肌をもっとじっくり味わい、彼女のぬくもりにゆったり体を預けろと。

エマがふいにダンテを押し返し、唇をもぎ離した。手を伸ばして彼女を引き戻せと心が叫ぶ。

欲望を色濃くにじませたエマの瞳がダンテの瞳とぶつかった。彼女がテーブルに歩み寄り、その端に腰かけるのを、彼はその場に立ったまま、魅入られたように見つめた。体が痛いほどうずく。

「あなたがほしいの。ここで……」ささやくようなエマの声に、ダンテははっと息をのんだまま、その場を動けなかった。

「お願い」エマが続け、ダンテの胸はとどろいた。

今ここで彼女を抱けば、それは彼女の記憶に残るだろう。再び夫婦となって最初の記憶がそれだというのはいやだ。

じゃあ、どんな記憶ならいいんだ？

キスで腫れぼったくなったエマの唇を見る。二人の欲望が、昔も今もいかに激しいかという証拠だ。

だが、ぼくもエマも、以前とまったく同じではない。なぜかはわからないが、違っていた。

あのチャリティイベントで出会った二人はもうここにはいない。

ダンテの中で何かがはじけ、解放された。

エマにも、そしてぼくにも、もっとふさわしい場所があるはずだ。ダンテはそこでエマに歩み寄り、息をはずませ、下唇を震わせる彼女にかまわず、そのあごを親指と人差し指でつまんだ。

こんな人目のある場所で手っ取り早く欲望を満たすだけではない、エマにはもっとふさわしい舞台があるはずだ。

「ここできみを抱くことはできる」そう口にすると、たかぶった部分が脈打つ。「ここでひざまずき、きみを味わい、この口で、指で、歓びに導くこともできる。いや、それだけじゃない、この場で今すぐ、きみを思いきり貫いてやることもできる」

エマの細いのどがこわばった。「でも、しないの?」

ダンテはエマのあごをつまんだ指に力を込め、視線を外すまいとじっと見つめた。今の言葉を聞いて、エマの瞳に疑念と痛みが浮かんでいる。ぼくが彼女を拒んでいると思っているのだ。それは違う。

「ぼくがどれほどきみを求めているか、それは信じてくれ」ダンテはそううめくとエマのあごから手を離し、片手を取って、痛いほどうずいているたかぶりへと導いた。エマの指の下でたかぶりが脈打ち、彼女の瞳が燃える。「ぼくはきみがほしくてたまらない。きみの中に入りたい……」

こらえきれず、ダンテは思わず目を閉じた。言葉とはうらはらに欲望をこらえ、激しい痛みがつのる。

「じゃあ、どうしてそうしないの?」エマの指がためらいがちに彼のたかぶりを愛撫する。

ダンテは目を開き、息をはずませて答えた。「ぼくたちにはベッドがふさわしいからだ」

今はっきりわかった。ぼくはエマを自分のベッドで思う存分味わい、もう逃げられないように、逃げたくもならないように、そのままずっとそばにおいておきたいのだ。

「ベッド?」

「できればメイフェアの家のベッドがいい」エマが去ったあとの空っぽのベッドの記憶がよみがえり、

胸が締めつけられる。

「でも、二人ともそれまで待てないわ」

今ここで抱いてほしいというエマの頼みに応じないというつらい努力に、体が震える。

だが、応じるわけにはいかない。

「あなた、震えているわ」エマがあえぐように言う。

「きみもそうなる。きみをベッドへ連れていき、膝が震えて止まらなくなるほど歓ばせてやるよ。何度も何度も。そしてきみは知るんだ、ぼくたちの間に脈打つ欲望を。常にもっと先を求め、決して消えることのない欲望を」

痛いほどの欲望と、自分でもわからない他の感情に体が硬くこわばる。

互いの欲望をさらに深く探求すべく、結婚をあと三年継続する契約書を準備した日、ダンテは満足していた。今まで感じたことのない安らかな気分だった。これまでのカペッタ家の男たちのように、より高みへ、より危険な領域へと駆り立てられることなく、ただエマを手放したくない、それだけだった。

そして今も、欲望とともに満足感を覚えている。

ぼくも子どもではない。彼女へのこの執着もいずれは消えるだろう。そうなったときに別れればいい。

だがそれは今ではない。

「きみをベッドへ連れていっていいか？」エマのいるベッド――それこそがぼくの望みだ。ほしいものは彼女の肌、彼女の体、彼女とのセックスだけだ。

「急ぐ必要はないし、ぼくも急ぐつもりはないよ、エミー」これまでと同様、その約束はきちんと守る。

「じっくり時間をかけてきみを味わうんだ」

「わたしを、味わう？」エマが唇を開き、猫のような声をもらす。

その声に欲望がさらにかき立てられ、ダンテは緊張にこわばった首でこくりとうなずいた。「ゆっくりと、全身隅々までね」身をかがめ、彼女の耳の後ろの柔らかい肌に唇を寄せてささやく。「ぼくと一緒に来るかい、エミー？」

わずかに身を引いて見つめると、エマの青い瞳がダンテの瞳を探るように見つめ返した。好きなだけのぞき込むがいい。そこに見えるのは、二人の間に燃える熱い炎だけだ。

エマがおずおずとダンテの腰に手を伸ばし、そのまま広げた手のひらと指を胸板へと這わせた。

初めて出会ったあの夜のように。

そしてその手が彼の手へと伸び、握りしめる。

「ええ、あなたと一緒に行くわ」

エマの手には金の結婚指輪がきらめいている。二人で交わした約束を、従うと誓ったルールを改めて思い出す。エマはぼくを信じ、二人の結婚生活へ戻ると、二人で決めたルールに従うと決心してくれた。

「おいで」ダンテは彼女の手を握りしめ、白い石を敷きつめた小道から再びドアを出ていった。

もうまもなく、二人は着ているものを脱ぎ捨て、ベッドへとたどり着く。そしてそのまま、欲望が消えるまでそこを離れないのだ。

ホテルのロビーを一歩一歩進むごとに、エマの肌は期待にうずいた。つま先からふくらはぎ、太ももへと広がって、秘めやかな体の芯へと集まり、寄せては返す波のように脈打ち始める。

どちらも無言で手を握り合ったまま、スイート専用のエレベーターに乗る。ドアが閉まり、エレベーター内に静寂が満ちる。

わたしへの欲望で体を震わせた人など、じっくり時間をかけてきみを味わうと言った人など、これまでいなかった。

でもダンテはそうしたいと言う。

その言葉が、エマの心の秘めた場所に語りかけてくる。誰かの大切な人になりたい、大事にされ、守られたいと願い続けてきた場所に。

ダンテはそれをかなえてくれる――そんな思いが胸を締めつける。母がずっと父に望んできたものが、今わたしの手の中にある。

ダンテはわたしを大切にしてくれていた。今もそうしてくれている。わたし自身、自分にはそんな価値はないと思い込んでいた。何かを信じたり望んだりすることはあまりにも危険だったから。

エマは目を閉じ、そんなすべてを締め出した。これまでの人生、ずっと自分の気持ちや願い、秘めた欲望から逃げてきた。結局は母のように、愛されず求められず終わってしまうのが怖かった。でもわたしは求められている。愛されてはいなくても、大切にされ、守られている。

それだけでいい。それでじゅうぶんだ。

エマはゆっくりと目を開け、隣に立つダンテを見上げた。

それなのに、なぜわたしはこの人のもとを去ったのだろう。

そんなこと、もうどうでもいいじゃない？

エレベーターはどんどん上がり、最上階に到着したと音声が告げた。

エマに向き直ったダンテの瞳にもエマと同じ思いが浮かんでいた。

「わたしたちにはベッドが必要ね」エマは言った。

ダンテの言うとおりだ。わたしたちの結婚を、大切にやさしく、心をこめて再発見し、追求しなければ。

「そうだな」ダンテの声がかすれた。

エマはエレベーターの金属製のドアに映る自分の姿を見つめた。ダンテがよく知っている体だ。

ダンテは病院でわたしの顔をそっと包み込んだように、この胸を包み込むのだろうか。その手にゆっくりと力を込められ、わたしは合わせた唇の間でうめくのだろうか。その唇で胸の頂を吸ってほしい、その歯で噛《か》んでほしいとわたしは求めるのだろうか。彼の手はわたしの腹部を愛撫し、そのままゆっくりと、あるいはもどかしげに、脚の間の茂みへと伸びていくのだろうか。

エレベーターのドアが開いた。

「準備はいいかい?」ダンテがかすれ声で言った。

準備はいい? 今夜をただやり抜くだけでなく、自分のものとする準備はできている?

「いいわ」

8

エマとダンテはペントハウス・スイートの中をもどかしげに進んだ。気がせくあまり、スイートの壮麗さもほとんど目に入らなかった。まさに、ワンフロアに凝縮された邸宅だ。銀の縁取りのある黒の大理石とガラスで構成され、巨大な花器には桜の枝が生けられて、ピンク色の花びらが部屋中の床を彩っている。

寝室のドアの前まで来て、ダンテが歩をゆるめた。エマと握り合っていた指をゆるめ、ドアを開けたダンテが、エマを先に通した。エマの視線は壁の二面を占める天井から床までの大きな窓に吸い寄せられた。窓の外には、金色、白色、赤色の街の光がまばゆく輝いている。

こんな部屋にダンテといたことは、これまでに何度あったのだろうか。記憶に残っていないそれらの部屋で、わたしは彼とどんな物語を紡いだのだろう。何度ベッドをともにした結果、ぼくたちにはたった一つのベッドが必要だと、ダンテはプロポーズしたのだろうか。

そんなことはどうでもいい。今夜のわたしたちのベッドはここなのだ。わたしの記憶に残る、たった一つのベッドがここなのだ。

左側の白い石の壁にキャンドルのように淡く光る照明から、渦巻き模様が刻まれた黒い木製のヘッドボードのあるベッドへとエマは視線を向けた。黒いシーツに純白の枕を配したベッドに目が吸い寄せられ、興奮が熱波のように押し寄せてくる。

エマがベッドに歩み寄ろうとすると――。

「待って」ダンテの指が彼女の手首をぐっと握り、押しとどめた。

「もう待てないわ」エマの肌はうずき、この緊張から解き放ってほしいと全身が叫んでいる。

「きみの服を脱がせたいんだ……ゆっくりと」ダンテが親指で彼女の手首の脈打つ部分を愛撫《あいぶ》してから手を離した。彼の温かい息がうなじにかかり、エマの体の芯がさらに速く脈打ち始めた。

背後からダンテの体が押しつけられ、エマはその体にぴったりと身を寄せた。むき出しの肌の毛穴から、彼の体の熱がしみ込んでくる。

早く裸になって肌を合わせたいと、心が震える。

「じゃあ、脱がせて」エマはかすれた声で言った。ドレスだけではなく、心にまとった鎧《よろい》も脱がされているような気分だ。何か特別なプレゼントのように、これほど丁寧に扱われるのは初めてだ。いや、以前のダンテもこうだったのかもしれないけれど、覚えていない。

「わかった。でもその前に、まずこれだ」ぱちんという音とともに、頭頂部でポニーテールにしていたエマの髪が肩に落ちた。ダンテが指で彼女の髪をすいた。「きみの髪をずっと夢に見ていた。こうして指ですいて、こぶしに巻きつけるのを」

エマの鼓動が跳ね上がった。「わたしのことを夢に?」

「ああ」ダンテが彼女の髪を左の肩にまとめ、鎖骨の上に流す。けれどもその手の感触はあまりにも軽すぎて物足りない。もっと強く触れてほしい。指の跡が肌に残るほど強く。

むき出しの背中をこぶしでそっとなぞられ、エマはこらえきれずあえぎ声をもらした。

「毎晩、きみのここにキスすることしか考えられなかった」そうささやくダンテの唇がエマのうなじを這《は》い、さらに背骨の上をかすめていく。「ここも」

その唇が今度は首筋へ、肩口へと移り、エマの唇からもどかしげなうめき声がもれた。

ダンテの唇はさらに上へ、耳の後ろへと移動していく。「それから、ここも」さっきまで軽く触れるだけだった唇が強く押し当てられ、彼女の肌を吸い始める。

そんな唇の刺激が体の芯まで伝わり、エマはたまらず息を切らしてあえいだ。

ダンテの指が背骨のくぼみに食い込み、背中のファスナーをヒップから太ももの上まで下げる。両手が腰にかかり、ぐっと引き寄せられて、彼のたかぶりがヒップに押しつけられる。

「お願い……」エマはこらえきれずうめいた。

「こっちを向いて」ダンテにそう命じられ、ふらつく足で向き直ったエマは、彼の瞳にとらえられてはっと息をのんだ。

「お願いって、何を?」

「もっと……もっとちょうだい」

「ちょうだいって、何を？　この手を？」ダンテの両手が再びエマの腰に、さらにその上に触れる。「この指を？」腕の内側の感じやすい部分を指先がかすめる。

ダンテがドレスの身頃を下ろし、黒いレースのブラジャーに包まれた胸があらわになった。硬くなった胸の頂がレースを突き上げている。

「この唇を？」

「そうよ。全部ほしいの」

ダンテが両手で胸のふくらみを包み込む。「こんなふうに？」

エマはごくりとつばをのんだ。「もっと強く」

ダンテが胸をしっかりとつかみ、硬くなった頂を親指でなぞる。「これでいいか？」

「いいわ」

「唇でも触れてほしいのか？」

「お願い……ああ、お願い」エマが切なくうめく。

ダンテが彼女の胸に顔を寄せ、胸の頂を口に含んだ。快感がこみ上げ、脈打ち始める。

彼が唇を離そうとすると、エマは手を伸ばし、彼のディナージャケットの襟をつかんだ。「いや！」

「もうやめてほしい？」ダンテが息荒くたずねる。

「違うの……お願い、やめないで」エマは答えた。まるで自分の声ではないような放埒《ほうらつ》な声だ。

ダンテがブラジャーのフロントホックを器用に外した。ブラジャーが床に落ちた。彼の目がその胸を熱く見つめる。「きみの胸はきれいだ」

再びその口に含まれて吸われ、エマは思わず声をあげた。胸が早鐘を打ち、全身の血がわき立つ。

ダンテがドレスのスカートをつかんで引き下ろした。今回は胸から唇を離さず、そのまま胸の谷間へ、平らな腹部へと移動していく。スカートもそれに合わせて太ももへ、膝へと下がり、やがてエマの足もとに落ちた。エマがドレスから足を抜くと、ダンテがその前にひざまずいた。

「この四カ月……」暗くこわばった表情でダンテがうめく。「きみの肌の味を思い出していた。ぼくの唇の下できみの肌がどんなふうに震え、どんなふうに歌いだすかを……ぼくだけのために」

鼓動が少し落ち着き、エマはダンテの目を探るように見た。その目は原始的な欲望に燃えている。そんなふうに所有欲をむき出しにされても、もうエマは怖くなかった。それどころか、興奮に体が熱く燃え、脚の間がうるおってくる。

ダンテの手に優しく促され、エマは脚を開いた。

「感じるかい、エマ、ぼくたちの間に高まるアドレナリンの力を？」彼の親指が太ももの内側をそっと愛撫する。

エマは胸をとどろかせてうなずいた。

「左手をぼくの肩に置いて」ダンテに言われるまま、彼のたくましい肩に手を置いて体を支える。期待に鼓動が高まり、息がはずむ。全身の神経がぴりぴりとうずく。

ダンテはエマの視線をとらえたまま、右の太ももの内側から膝を愛撫し、黒いストッキングに包まれたふくらはぎを持ち上げて、右の肩にのせた。そこから再び手を上へ、膝から太ももへと這わせ、そして――そこを愛撫し始めた。

「ここも口でしてほしいのか？」深く熱いダンテの声がエマのうるおった箇所に直接響き、脈打ち始める。自分でもよくわからない部分がきゅっと締めつけられる。でも、そこにも口で触れてほしい。

「お願い……キスして、今すぐ」

ダンテの胸の奥からもれるうめき声がエマの耳に、肌に響いたと思うと、下着の生地越しに彼の唇が押し当てられた。秘めやかな部分を舌先がゆっくりとなぞる。

エマはダンテの頭に手を伸ばし、黒くつややかな髪に指を食い込ませて、彼の口をさらに強く引き寄せた。舌の動きが速く、深くなるたびに、体の芯のうずきもさらに鋭く、強くなる。

「ああ……あ、ああっ！」ダンテが舌先を差し入れ、脈打つ快感の芽を吸い始めると、エマは繰り返しあえぎ声をあげた。

速く、さらに速く、全身に波のように押し寄せる快感に、ダンテが与えてくれる限りない歓《よろこ》びととめどない情熱に、もう息もできない。

それでもなお、もっとほしいと欲望が激しく突き上げてくる。エマはダンテの頭に、肩に両手を這わせ、さらに強く彼を抱き寄せた。

ダンテは彼女のヒップに両手を当て、快感に揺れるエマの体を自分の口でしっかりと受け止める。

やがて彼は少し体を離し、エマの太ももの間に手を伸ばしてレースのショーツを脇へ寄せると、敏感になっている快感の芽にじかに触れた。こらえきれない快感に、エマは頭をがくりと後ろに垂れた。

ダンテが指を二本奥まで差し入れ、抜き差し始めた。

「ああっ！」エマはダンテの肩にしがみついた。ダンテがもう片方の手で彼女のヒップを支えた。今にも倒れてしまいそうだ。わたし――。

「もう……もうだめ……」

三本目の指が押し込まれた。

「ああ！」エマの中はもうダンテでいっぱいだ。それでももっとほしいと体が叫んでいる。最もうずいているここを、彼のたかぶりで埋めてほしいと。

「あなたがほしいの、ここに」

「ああ、だがその前にまずきみを歓ばせたい」ダンテがささやいた。

エマはもう何も考えられず、ぼうっとしている。

「ここがたっぷりうるおって、ぼくを迎える準備ができるようにね……奥まで全部」ダンテのかすれ声にエマの体内の血はわき立ち、もっとほしいと叫び始める。もっと酸素を、もっと水を、自分でもわからないものをもっと。何よりも、もっとダンテを。

エマの中でダンテが指を曲げ、彼女が存在すら知らなかった箇所を探り当てて押し、愛撫し始めた。もう快感しかなく、エマは上りつめ始めた。この瞬間も、これを追い求めてきた旅路も、とても大きく感じられる。自分の中に訪れている、自分の中で育ち始めている何かが自分自身を粉々に打ちこわし、新たに生まれ変わろうとしているのがわかる。

これこそ、ダンテが約束していたものだ。これまで誰との行為でも感じたことのなかった、ダンテだけが与えてくれる快感なのだ。

「感じてくれ、ぼくのために」エマの肌に唇を当てたままダンテが吠《ほ》える。

彼はこれを、わたしを求めている。これまで想像もしなかった形で自分を解き放てと求めている。そしてわたしも、自分を縛っていた鎖から解き放たれ、かつてのわたしたちに、ダンテの腕の中にいたときのわたしに、大胆で官能的で怖《おそ》れを知らないわたしに戻りたいと願っている。

なぜわたしがダンテを選んだのか、今本当にわかった。記憶を失ってから初めて自信をもって言える。わたしのいるべき場所はここだ、ダンテの腕の中、彼のベッドの中だと。この結婚でわたしたちは互いの相性の良さを確認した。彼になら、安心して自分の欲求も体の欲望もさらけ出せる、と。

それなのに、わたしはそれを手放した。

「ダンテ！」そう叫ぶ声が心の奥底から響いた。怖れも、ためらいもなく。

ダンテはそっとエマから指を引き抜き、立ち上がると、再び彼女に手を伸ばして抱き上げた。

「ダンテ――」

「しーっ」そう静かにささやいたが、彼の中は静かどころではなかった。もとどおりの関係に戻るだけでは足りない。何を求めているかはまだわからないが、エマがこの腕の中に戻ってくるだけでは満足できない。心の奥の声がそう言っている。

だがダンテはその声を信じなかった。そんな声など無視し、エマの口をこの唇でふさいでベッドへ直行しろと本能が叫んでいる。二人で同時に達する忘我の境地を見つけ出せと。

これまでの人生で、何かをするのに不安を感じたことなどなかった。だが今は、そのあとに何が起きるかと思い、本能的な欲望を拒んでいる。

こんなふうに考えるのは初めてで、どう対処すればいいかわからない。だったら何もせず、ただこの瞬間に意識を集中させてゆっくり楽しもう。

うつむくと、二人の視線がからみ合った。

「ありがとう」エマが彼のほてった頬に手を当てた。

「さっきのは――」

「ほんの序の口だ」ダンテは答えた。ぼくがほしいのは礼の言葉ではない。妻を取り戻したいのだ。

そして今、妻は戻ってきた。大切なのはそれだけだ。二人の体が欲望にうずかなくなる日まで、彼女の居場所、この腕の中にとどめておくことだ。

ダンテはエマを腕に抱いたままベッドへ運んだ。エマは彼の首に両腕を回し、熱い息を吐いている。

「きみにとって最高の体験にしてやるよ」ダンテはかすれ声でそう約束した。

「わかってる」

ぼくが約束を守ることを、あらゆる欲望をかなえることをエマもわかっている。

その期待に応えようじゃないか。

エマを震えさせてやる。やみつきになるほどの激しい欲望でまともにものが考えられなくなるまで。

ダンテがエマをベッドの端に下ろすと、エマが手を伸ばして彼の腹部に当てた。

「あなたのすべてを知りたいの」エマの指がベルトの銀色のバックルへと伸びる。「どうすればわたしもあなたを歓ばせてあげられるか、学びたいの」頬を真っ赤に染めながらも、エマは視線を外さず、腹部に置いた手をどけようともしない。「この口で、あなたを歓ばせたいの」

ダンテは黙ったまま一つうなずいた。言葉にすれば嘘《うそ》になる。ぼくが恋しかったのはエマの肉体、エマの唇だ。エマ自身ではない。

エマがゆっくりとベルトのバックルを外す。ダンテはそのままじっと動かず、彼女の温かくなめらかな口内の感触を待ち受けた。

スラックスのボタンを外し、前を広げると、エマはボクサーパンツに手を差し入れ、たかぶりを指で優しく引き出した。下着から解放され、彼女の白く小さな手の中でたかぶりが大きくそそり立った。

エマのブロンドの頭が下を向き……。

「エマ」ダンテがそう呼ぶと、エマがたかぶりの先端を舌でなぞった。なめらかな先端はすでに露を宿し、もっと深くのみ込んでほしいと求めている。

エマがじわじわと彼を口に含み、のどの奥まで受け入れて吸い始めた。

「エマ！」ダンテは吠えた。エマは温かく濡《ぬ》れた口を上下させながら、そのリズムに合わせて白く小さな手でも愛撫を加える。

ダンテは彼女の髪をつかみ、こぶしに巻きつけて、彼に愛撫を加える姿をじっと見つめた。

だめだ、もう耐えられない。エマの愛撫であっという間に抑制を外され、心の鍵を開けられ、これまでの人生や決めたルールを踏みにじられてしまう。

「エマ、ちょっと待ってくれ」ダンテは欲望のにじむ声でうめいた。だめだ、まだわれを忘れてはいけない。ぼくの抑制がいかに強いかを示し、二人で一緒に快感の頂点にのぼりつめるのだ。

ダンテは苦しい息を吸い、かすれた声で言った。

「わかるかい、ぼくが今何を感じているか？　エミー、きみのせいで痛いほどたかぶっている。でもぼくはきみの口の中で果てたくはない。きみの中で、きみに包み込まれ、再びきみを絶頂までのぼりつめさせてやりたいんだ」

「わたしも、そうしてほしいわ」そうささやいたエマがベッドの中央に体を横たえるのを、ダンテは歯を食いしばりながら見つめた。

「ベッドへ来て」エマがささやいた。これこそ、この数カ月待ちわびていた瞬間だ。

ダンテはネクタイをゆるめて外し、床に落とした。次はシャツのボタンだ。数が多すぎて、裸になるまでにもどかしいほど時間がかかる。

エマの熱い視線を肌に感じながら、ダンテはスラックス、ボクサーパンツ、靴下と靴を脱ぎ捨て、彼女の脚の間に体を進めた。硬く脈打つ彼のたかぶりを迎え入れようとエマが腰を浮かせた。ダンテは最後の障壁である黒いレースのショーツを脱がせ、足首から引き抜いて投げ捨てると、むき出しになったくるぶしから膝へ、太ももの内側へと唇を這わせていった。

「両脚をぼくの肩にかけて」エマにはできる限り体を大きく開き、ぼくのすべてを奥までいっぱいに受け入れてほしい。

エマが命じられるままに両脚をかけた。彼女がたっぷりとうるおい、彼を迎え入れる準備が整っているのがわかる。

今すぐ彼女の中に入りたい。荒れ狂う欲望のままに、ダンテはゆっくりとたかぶりを沈めていった。

ここは時間をかけなければ。いったん奥まで入ってしまえば、あとはもうこらえきれず、欲望のすべてを解き放つまで繰り返し彼女を貫いてしまう。ここは少しでも抑制が必要だ。

「ダンテ……やめたいの?」

「きみこそ、やめたいのか?」ダンテはうめいた。このまま彼女をいっきに貫きたいという衝動をけんめいにこらえるあまり、首が引きつる。

「違うわ」かぶりを振るエマの髪が枕の上で揺れる。この手であの髪をつかみ、唇に唇を重ねたい。

「ゆっくりやりたいんだ。きみに痛い思いをさせたくない」

「痛くなんかならないわ。この体はきっとあなたを覚えているもの」エマがそう言って腰を動かし、もう少し奥までダンテを受け入れた。「でも、もしあなたがやめたかったら……やめてもいいのよ」その声は硬くこわばっている。早く解放してくれと叫んでいるダンテ自身の体の声と同じだ。

「やめたりするものか」ダンテはうめいた。

エマが開いた両手のひらで彼の胸板をなぞった。その指先が硬くなった乳首に触れた瞬間、ダンテの肌が熱く燃え、額に汗が噴き出した。

「じゃ、やめないで」

「やめないさ」

ダンテはエマの中にぐいと押し入った。

「そうよ!」エマの顔が快感にゆがんだ。「もう一度。もっと」

ダンテはエマの腰をつかみ、強く深く貫きながらも、欲望のままにわれを忘れてめちゃくちゃに腰を突き上げたいという欲望はけんめいにこらえた。そんなことをすれば彼女に痛い思いをさせてしまう。

ゆっくりと繰り返し腰を動かす。エマの体の記憶がよみがえり、ぼくを心から迎え入れられるように。

エマが彼の首に両足首を巻きつけて訴えた。「もっと速く、ダンテ。もっと強くして」

その言葉をずっと待っていた。彼女にはぼくの欲求がわかっていて、彼女もそれを求めている。もどかしい抑制の日々はもう終わりだ。この狂おしい欲望に身をまかせるのだ。

「ダンテ、お願い！」

その瞬間、こらえていたものが砕け散り、エマの肉体のすべては彼のものになった。

ぼくが知っている、ぼくが求めてきた唯一のわが家にぼくは帰ってきた。

エマこそが、ぼくのわが家なのだ。

その真実に打ちのめされつつ、ダンテは脇に押しやった。

「やめないで」エマの声に思わず叫びたくなる。

「ダンテ！」エマがダンテの肌に爪を食い込ませ、脈打つ彼のたかぶりを甘い蜜の中に締めつけた。

激しく息を切らせながらも、ダンテも、そしてエマも、目は閉じなかった。二人の腰の動きがぴったりシンクロし、一つになって締めつける。

「エマ！」ダンテは叫び声をあげ、これまでで最も激しく果てた。

目もくらむほどの快感に、自分の下の彼女の体しか感じられない。ダンテは息をはずませ、ベッドに両肘をついて倒れ込むと、エマののどもとに顔をうずめた。

「すばらしかったわ」

「すばらしいのはきみだよ」ダンテはエマの肌にそうささやきかけた。不思議な人だ。いつの間にかぼくの人生に入ってきて、ぼくをすっかり魅了してしまった。

「ありがとう」エマがダンテの背中に両手を回し、そっと包み込んだ。

ぼくにはもうはっきりとわかる。

ぼくは勝った。エマはぼくのもとに戻ってきた。彼女をこの腕の中から放さない。

当分の間は。

9

エマの頬の下でダンテの胸が上下する。規則的な寝息、力強い心拍音が耳に響く。片方の腕はわがもの顔にエマの体に回され、手のひらでヒップをしっかり押さえられて、動きたくても動けない。片手を彼の腹部に、もう片方の手を自分の体の脇に置いて、エマはじっとしていた。

誰かのベッドで夜を明かすのは初めてだ。残っている記憶の中では、誰かとベッドをともにしても眠ることはなく、できるだけ早く帰っていた。でも昨夜は、ダンテと腕や脚をからめたままぐっすり眠ってしまった。

朝の日差しが窓から差し込み、たくましい胸板の輪郭が金色に浮かび上がっている。その下のくっきり割れた腹筋の間に生えた毛が、羽毛布団に隠れた下半身へと続いている。

エマの下腹部が熱くなる。昨夜は……すごかった。形だけの行為などではなく、すばらしく強烈で、やみつきになるほどの力があった。その証拠に、あちこち痛いのに、もっとしたいと体がうずいている。ダンテとまだまだ体を合わせたい。

そう、今すぐにでも、羽根布団の下にもぐり込み、彼を口に含んで目覚めさせたい。

自分のほしいまま求め、思いのまま与えればいい。ダンテは昨夜のようにそんなわたしの求めに応じ、わたしも彼の求めに応じる。キスも、セックスも、対等に快楽を与え合うのだ。

精神的にも肉体的にも安全なセックス——。

その瞬間、エマはパニックに襲われた。

昨夜は避妊具を使っていなかった。そんなこと、考えも及ばなかった――。

思わず自分の腹部に手をやる。もし妊娠したらどうなるのだろう？　それについても契約があるのだろうか、それとも契約が無効になるのだろうか。わたしは子どもなんてほしくない。ダンテは？　いずれはほしくなる？　今後誰かと出会って、契約などなしの結婚をしたら――。

胸がぎゅっと締めつけられる。

彼は愛など信じないしほしくないと言っていた。わたしと同様、愛など偽りだと知っているから、と。

「どうした？」ダンテの声がした。わたしの不安を気配で感じ、目が覚めたのか。それとも、彼の腹部に置いた手に力が入って起こしてしまったか。

彼の胸に頬を当て、腹部に手を置いたまま、エマは凍りついた。

「わたしたち、避妊具を使わなかったわ」そう言って耳を澄ましたが、ダンテの心拍音には変化はなく、規則的なままだった。「妊娠したかもしれない」何も変化はない。「最後の生理がいつだったかも覚えていないの。ずっと不順だったし。コンドームなしのセックスなどしたことがないし。あの……わたし、緊急避妊薬をのんだほうがいいんじゃない？」

ダンテの指がけだるげにエマの腰骨を愛撫《あいぶ》した。

「妊娠なんかしないよ、エマ」

「なぜそう言いきれるの？」

「ありえないんだ」ダンテがもう片方の手でエマの髪をなでる。「もう何年も前にパイプカットしたからね。きみと出会う前に」

エマの胸に重苦しい思いがのしかかった。安堵《あんど》なのか悲しみなのかわからない。ダンテから母の死を聞かされたときの衝撃に似ている。でもそんなのばかげている――決して彼の子を身ごもることはないという事実を悲しむなんて。

「後悔していない？」そうたずねた瞬間、エマは謝らなければと思った。「ごめんなさい。こんなこときくべきじゃ――」

「してないよ」ダンテが淡々と答えた。「子どもなどほしくなかったからね」

「なぜ？」いけないと思いつつ、好奇心を抑えきれずエマはたずねた。

ダンテの鼓動が速くなった。「ぼくの母は父に対する取り引き材料としてぼくを使ったんだ。父は跡継ぎを必要としていて、母は金と引き換えにぼくを産んだ。ぼくはそんなことはしたくない。自分の子どもを取り引きの手段にするなんて」

エマはダンテの手を押しのけて身を起こし、彼を見つめた。「お母さまが、お金と引き換えにあなたを？」

「そうだ」ダンテは枕に頭をつけたまま、くつろいだ様子だ。こんな恐ろしい話をしているのに、なぜそんなに平然としていられるのだろう。

「いくらで？　魂と引き換えじゃなくて？」思わず語気が荒くなる。

ダンテが肩をすくめた。「一生涯の経済的保障と、小さな国一つほどの大きさの自分専用の島だ」

「そんな……母親なのに――」

「ぼくの人生にはもうなんの関係もない人だ」

「子どもをつくらないと決めたのはお母さまが原因なのね」

「今でも同じ選択をすると思うよ」

「なぜそんなに落ち着いていられるの？」

ダンテが肩をすくめ、エマは即座に理解した。

「そうするしかないと思ったからなのね」

実の母親に売り飛ばされ、捨てられた幼子を思い、わが子を取り引き材料にするような危険を避けるため、子どもを持つことすら拒否した彼の気持ちを思い、胸が痛くなる。

そういうわたしも、子どもはほしくない。自分一人で育て、孤独な子どもをつくり、一人のほうが安全よと教え込むようなことはしたくない。

でも、あなたはもう孤独じゃないのよ。

ダンテが眉をひそめた。「ぼくは関係者全員を守るためにそう決めたんだ」

そのとき、エマは自分が裸なのを意識した。今の会話がひどく心の奥に響く。

「きみの記憶にない男が決めたことなど心配しなくていい」ダンテがわずかに身を寄せた。「ぼくは十八歳、父を亡くしたばかりだった。その選択は間違ってなかった。今だってきっと同じ選択をしたよ」

彼は両手でエマの顔を包み込み、視線を合わせた。

「それに、好都合じゃないか、妊娠の心配もなくきみと行為を楽しめるんだから」

ダンテがわざと軽い調子で言っているのはわかっていたが、この話はもうこれで終わりだと感じたとたん、不安が欲望に変わった。エマはこらえきれず、ダンテにキスをした。

昨夜のように、熱く脈打つ彼を自分の中に感じたい。硬くたかぶったものでわたしを満たし、再び絶頂にのぼりつめさせてほしい。

エマはダンテの上になり、裸の太ももを合わせた。彼のたかぶりが秘所の入り口をくすぐる。エマは彼の腰にまたがり、体をこすり合わせた。

「エマ」合わせた唇の間でダンテがうめいた。エマは新たに発見した、ダンテの手で引き出された自分のセクシーさを存分に発揮した。

大胆になれるっていい気分だ。彼がほしいという欲望のままに、思いきり快感を味わうのだ。

「じっとしてて」エマはダンテの体をそっと枕に押し戻し、彼の両手を一つにまとめて頭上で押さえた。

胸の頂が彼の胸板をくすぐる。エマはダンテの唇から唇を離し、自分が主導権を握って、まずたかぶりの先端を、ついで全部を深々と体内に迎え入れた。

頭を後ろにがくりと垂れ、口を開けると、のどの奥からうめき声がもれた。自分の口から発せられたとは思えない、野獣の咆哮《ほうこう》のような声だ。

今はただ二人の心と体の関係を信じ、身をまかせるだけだ――それがまだここにある限りは。

「ああっ！」ダンテが腰を突き上げると同時に両手でエマの体を引き下ろした。とても深くまで彼が入ってくる。でもまだ足りない。「ダンテ……」

「ぼくのすべてをきみに注ぎ込みたい」ダンテがうめいた。「脈打つきみの中をぼくのものでいっぱいに満たしたい。きみがぼくをぎゅっと締めつけるのを感じ、きみの中で果てたい」

エマは腰を引き、またぐっと下ろした。何度も繰り返し、自分の体が受け入れられる限界を超える奥までダンテを深く受け入れた。

ダンテのもらすあえぎ声に勢いを得、さらに速く、深く彼をのみ込む。「もうだめ……」今回は抵抗することなく、エマはその快感に身をまかせた。

目を閉じる必要も、本当の自分を隠す必要もない。夫であるダンテが、この体も、好きなものも知ってくれている。おざなりな一晩だけの関係ではないのだ。彼はわたしを知っている。わたしも彼を知りたい。彼に歓《よろこ》びを与え、わたしも受け取りたい。彼の唇から、体から。この体の上に、体の中に。

「エミー！」ダンテがそう叫び、エマの中で果てた。エマは自分をいっぱいに満たす熱いたかぶりに、彼を締めつける体の感触にわれを忘れた。

ダンテにすっかり夢中だ。

計画はうまくいった。

妻がベッドに戻ってきた。

もう丸一日近く、エマはその体をぼくに捧《ささ》げてくれている。そしてぼくもそれをすべて受け入れ、これまで夢見てきたありとあらゆる行為を二人で堪能している。

　ダンテは目を閉じ、エマの背中をなでる指を止めた。胸板に広がるブロンドの髪を視界から締め出し、満たされてぐったりと体を預けてくるその肌のぬくもりを頭から追い出す。

　このぼくが彼女を果てのない快楽へと、お願い、やめないでと懇願するまで追い込み、疲れ果てさせてやった。

　喜んでいいはずだ。満足していいはずだ。

　だが、二人の関係がそれ以上に深まったことは無視できない。二人の欲望は静まるどころか、ますます強く、さらに高まるばかりだ。

　エマにキスして目覚めさせ、再びこの体を受け入れさせるのもいい。この欲望を彼女の中に注ぎ込んでやるのもいい。

　だが、そんなことをすればまた彼女の炎が燃え上がり、きりがなくなる。

　エマにあれこれ質問され、ぼくもいろいろ考えすぎるようになった。心の距離をおくために決めていたルールを、ともすれば忘れてしまいそうになる。

　エマにも何度も言い聞かせた。ぼくたちの関係には永遠も、ハッピーエンドの結末もないのだと。だがエマはセックスでごまかされることなく、しぶとく耳の痛い問いをぶつけてくる。

　どうすればわからせることができる？

　一人になりたい。ベッドから、エマから離れて。

　エマが話していた庭が頭に浮かぶ――ペッパーランプの飾られた木の下で本を読んでいた、すべてが静かで穏やかで、けたたましい外の世界から守られていたという場所が。

　ぼくにもそんな場所がある。花もペッパーランプもない、ただの部屋だ。どの国のどの町にも持っている、静かに心を休めたいときに行く場所だ。

　こんな夜を過ごしたあと、エマを置いて一人で行くのは自分勝手だろうか？

　そうだ、彼女も連れていけば、他人と距離をおきたいぼくの気持ちを理解してもらえるかもしれない。ぼくは誰かとの心の絆《きずな》など必要としていない、むしろ避けたいものなのだと。

　よし、エマを連れていこう。ぼくがこの新宿の街で一人になりたいとき行く場所へ。

　ダンテはごくりとつばをのみ、これまで何度もしてきたようにエマをキスで起こしたい衝動をこらえて、彼女の髪を、背中を、頬をなでた。

「エマ、起きて」

　エマが身じろぎ、背中をそらせて目にかかった髪をかき上げ、彼の胸板に手のひらをすべらせた。

「起きてるわ」

　ダンテの胸に欲望がこみ上げ、眠っていたものがむくりと息を吹き返した。

　エマを抱きたいという衝動をこらえ、彼女の手首をつかんで、手の甲に唇で触れる。

　その気になれば優しくできるのだ。ぼくは――。

　のどの奥にこみ上げてきたものをのみ込み、ダンテは震える声でついに言った。

「きみを連れていきたいところがある」

10

クリーム色の革張りシートの高級車の後部座席に二人は並んで座り、スモークガラスの窓から外を見ていた。車は高層ビルの立ち並ぶまばゆい新宿の夜の街を走り抜け、やがて薄暗く人気《ひとけ》のない通りへと入っていく。

ダンテはエマの横顔にちらりと目をやった。額からまつ毛、優美な鼻筋、ピンク色の唇が、金色の輪郭に浮かび上がっている。

彼女の視線は窓の外を流れる景色にくぎ付けだが、ダンテはただ彼女を見ていた。その唇が言葉を発するとき、彼女の青い瞳はそれ以上のものを問いかけてくる。その問いにやむなく答えると、また新たな問いかけが投げられてくる。

唇を固く結び、あごにぐっと力を入れる。何も話したくない。何も聞きたくない。ぼくはただ、一人で静かにしていたいのだ。

出張で世界を飛び回りながらも、これまでエマを同行したことは一度もなかった。ぼくにはぼくの生活が、エマはエマの生活がある。そういう取り決めで双方納得していたはずだった。

だが、はるばる地球の裏側から戻ってきたダンテを出迎えたのは、エマが待っているはずだった、空っぽのベッドだった。

そのエマが、今は隣にいる。

温かそうなベージュのコートの襟が、ぼくがこの唇で跡をつけたのどを隠している。

見たい——彼女の肌に刻みつけた己の刻印を。

その視線を、ジーンズに包まれた脚へ、肌色のヒールをはいた足へと這《は》わせる。彼女を見るたび、熱い欲望がこみ上げてくる。自分の意思とは関係なく、押し込めようとしても無駄だ。

結婚生活の中で、エマに求められたものはすべて与えてきたつもりだ。巨額の資産も、肉体も。だが、この心だけは……心の傷だけは、見せてこなかった。

そして、彼女に心を見せろと求めてもこなかった。なぜそんなに長い時間庭で過ごすのかも、契約で結ばれたぼくとの結婚に喜んで応じたかも。

けれども今はその理由を知っている。外の世界から逃れ、安全で安らげる場所がほしかったという彼女の話を聞いた今、聞かなかったことにはできない。

エマはぼくを自分の庭だと言った。それを聞いた瞬間、防御しろ、彼女の告白から身を守れと本能が告げた。だが、考えてみればエマの言うとおりだ。ロマンティックな意味ではなく、この腕の中で安らげる存在であるという意味で。

エマがぼくに、この結婚にそれを求めた理由がわかった今、重みがずしりとのしかかってくる。彼女がぼくに向けてくれた信頼はかけがえがなく、壊れやすいものだ。ぼくのことも、数年分の過去の記憶も失いながら、エマは心のうちを語ってくれたのだ。

これほど繊細な彼女の心を、落とすことなく、壊すことなく、どう受け止めればいいのか。エマを壊したくない。

ちかちかと点滅する街灯の下で車が停《と》まった。

通りに目をやったダンテは目的地に着いたことに気づいた。なんの変哲もない場所だ。忙しげに通りを行き交う人々、街灯の下に立って語り合い、笑い声をあげる人々。何人かのグループで、あるいは二人連れで、手を取り合う人々。

ダンテの指が柔らかいぬくもりに包まれた。見ると、シートに置いた手にエマの手が重なっていた。

その指には金の指輪がはまっている。彼女はぼくのものだと世界に証明するしるしだ――少なくとも、どちらか片方がこの結婚を終わりにすると決断するまでは。

そう考えて、ダンテはいらだちを覚えた。エマの指にはこの指輪がはまっていてほしい。ぼくのものでいてほしい。こうしてそばにいてほしい。そばにいてくれるとぬくもりを感じる。とても……。しっくりした気分だ。

だめだ、そんなことを考えてどうする？

「ここで降りるの？」エマの声がする。

おまえはそんなうぶではないはずだ。今はただエマに、わが妻に心を奪われているだけだ。そのせいで、彼女の考えていることを知りたい、あれこれ問いかけ、答えを聞きたいと思っている。ルール違反だとわかっていても。

いや、これから二人で新たなルールを作ればいいのではないか。セックスを離れて互いを知り合う、決して愛ではないが、感情を交換し合うという形を。

こんなことを考えるのも、安定したふつうの暮らしがしたいというエマの望みに影響されたためだ。それがどんなものかも、好きかどうかも、ぼくにはわからない。ぼくとは異種のものなのだ。そしてそんなエマのせいで、ぼくも……これまでと違う気分を味わっている。

エマの言うとおり、ぼくはこれまで知らなかったふつうの人生を手に入れるために彼女と結婚したのか？　いつも同じ安定した生活、ベッドにはいつも同じ女性、その女性と生活をともにする家を。だからエマが姿を消したとき、あれほど途方に暮れたのか？　ぼくが感じた痛みは、単にセックスの相手を失い、その肉体を取り戻したいというだけではなく、もっと……。

なんだ？

ぼくはふつうではないし、ふつうになれと育てられもしなかった。今さら彼女のためにそんな人間になはなれない。エマには自分が望むふつうの人生を手に入れる権利がある。そんな彼女にふさわしい、そばにいてくれる男と結ばれる権利も。だがぼくはそんな男ではない。

だったら、なぜ今も彼女と一緒にいる？

「ダンテ？」エマが問いかけるように見つめてくる。

「ああ、ここで降りる」ダンテはエマの手を握りしめたい衝動をこらえ、自分の手を抜いて車を降りた。

自分でもなぜかわからないまま、息をつめて待っていると、エマがあとに続いて出てきた。

「ここに入る」エマの右手にある黒い両開きのドアをあごで示す。

エマがドアに目をやった。中に何があるのか、入ってもいいのか、表示は何もない。だが彼女はためらうことなく歩み寄り、片方のドアを押し開けた。

あるいは、エマの怖《おそ》れていたものはメイフェアの家の外にあったのではなく、ダンテ自身が元凶だったのかもしれない。自分を守ってくれると信じていたダンテこそが彼女を傷つけていたのだ――あの家に一人残されるのがどういうことなのか、エマの気持ちを考えることもなく。

ドアを大きく開け、片足を踏み入れてエマが待っている。「来ないの？」

ダンテの肉体が反応し、みぞおちがぐっと締めつけられた。エマのそばにいたい、彼女を抱きしめていたいという欲望は今も胸に荒れ狂っている。

ルールを変え、きみの話を聞きながら感情が動いてしまったとエマに正直に伝えてもいい。だが本当にそうしたいのか？　それが問題だ。

ダンテはエマに続いてドアの中に入った。自分だけの場所、エマを連れてくることなど以前は考えもしなかった場所だ。それがこうしてはるばる、彼女をここまで連れてきた。

もともとは、新宿のもっと新しい、わくわくする場所へ連れていくつもりだった。音や光、日本独特の料理の匂いなど、ロンドンのソーホーにも負けないほどの雰囲気を持つ路地へと案内し、そこで彼女の心をつかむつもりだった。

だが、ダンテが選んだのはこの場所だった。クライアントにも、誰にも教えたことのない、彼だけの場所だ。ピンクの花びらや緑の芝生で彩られたロマンティックな庭などではない。窓もない煉瓦《れんが》造りの、ドアをロックすれば密閉空間になる建物だ。

今夜はエマをベッドへは誘わない。ここで、二人きりで過ごすのだ。

エマを先頭に、二人は中へと進んだ。

静寂の中に、金属製の錠の音が響いた。

「ドアをロックしたの？」

「これで誰も入ってこない。ここを知っているのは選ばれた数人だけだ。だが、その者たちが入ろうとしても、今は使用中だとわかる」

エマの前に長いトンネルのような通路が伸びている。頭上に赤い蛍光灯が点滅し、目をこらすとピンク色の影が見える。エマは前に進み、手を伸ばして壁に触れた。木のつるのようなものがうねうねと上へ伸びている。でもどこへ？

「ここは何？」そうたずねながら、エマは期待に全身が硬くなるのを感じた。

「すぐわかる」静かな闇の中にダンテの低い声が反響した。

エマのうなじがかっと熱くなった。ほんの数十センチほど背後にいるはずなのに、ひどく遠くにいるようだ。彼の息がかかったように感じ、エマは先の見えない前へとさらに歩を進めた。

「ここは、ぼくが一人になりたいときに来る場所なんだ」

「でも今は一人じゃないわ」

「わかっている」

心臓がどきりとし、脈が乱れる。胸が痛いほど締めつけられ、エマはたずねた。「一人になりたいときに、他にも誰か連れてきたことがあるの？」

「一度もない。今だけ、きみだけだ」ダンテが答えた。

ここへ来たのはわたしだけ――その言葉に、全身の血がわき立ち、鼓動がとどろく。

何かわけがあるはずだわ。なぜわたしを連れてきたのか、これからどこへ行くのか、最後に何にたどり着くのか、まだ何もわからないけれど。

「ここに来て、何をするの？」

「食事だ」

ダンテの声が響く。直接肌には触れないが、その声がエマの肉を切り裂き、奥へと食い込んでくる。

「でも、レストランなど見当たらないわ」エマは前へ進みながら肩越しに言った。


ダンテが答えた。「いや、何百もあるよ――〝ジドウハンバイキ〟が」

「それ、レストランなの？　どこに？　見えないわ」エマは両側に長く伸びる壁に目を転じた。「お客もシェフもウエイターもいない。ただ――」

そこでエマは口をつぐんだ。

ドアが一つある。

ダンテが追いついてきて、すぐ背後に立った。

「中に入って」

エマは銀色のドアハンドルに触れたが、そのまま押しも引きもせず、暗闇にただ二人立っていた。

ダンテがさらに体を近づけてきた。触れないままで数センチ、数ミリまで迫られ、エマは息もできなくなった。振り向いて広くたくましい胸に飛び込みたい、この体を押しつけて――。

ダンテの指先がエマの頬をなぞり、髪を耳にかけて唇を寄せた。熱い息が耳にかかる。「入りたくないのか？」

「中に何が？」エマはささやいた。

「ぼくたち二人だけだ」ダンテが大きく息を吸った。エマもつられて息を吸い、思いきってハンドルを押すとドアが開いた。

暗闇に温かな黄色い光があふれた。思わず前に進み出た瞬間、ダンテのぬくもりから離れてしまったことをエマは後悔した。

振り返って彼の腕の中に飛び込みたい。体内に燃えさかる炎に身をまかせてしまいたい。

白と黒のまだら模様の磨き込まれた床にエマは足を踏み入れた。

部屋の四隅にはぱっとしない観葉植物の鉢が置かれ、使い込まれたテーブルにばらばらな椅子。壁には笑顔で食事をしている人々の写真、黒っぽいカウンターには白い椀《わん》が高く積み上げられている。何やら風変わりだ。エマはさらに歩を進めた。「ここへ来るの？　一人になりたいときに？」

「ああ」ダンテがそう答え、部屋に入ってくるのがわかった。その存在感が室内に満ちる。

写真のある壁以外の壁一面に、色も大きさもさまざまな四角い機械がずらりと並んでいる。エマは目を見張ってダンテを見やった。「自動販売機？」

ダンテがうなずいた。「ジドウハンバイキ、略してジハンキだ」

「なぜここへ？」

「なぜ？」ダンテが眉をひそめた。「自販機はまさに日本の食文化だよ。街中どこにでもあるが、この部屋にいると、ボタン一つで世界中どこへでも行ける。高級食材からありふれたものまで、食べ物も飲み物も、この部屋にはなんでもある」

「でもあなたなら、世界中どこにいても、食べたいものは自分の部屋で食べられるじゃない」エマはそう言って自分の髪を手ですき、ダンテから自動販売機へと視線を移した。本当にたくさんある。世界のどの地域の料理でも、この部屋にある何百もの自販機で食べることができるのだ。

「きみはおもしろがると思ったんだが」

「でも、どうしてこんな――」エマは眉を寄せ、ありふれた部屋に視線をさまよわせた。「わざわざこんな部屋へ?」

「ここは特別なんだ」ダンテがそう言い、エマに歩み寄ると、片手の指に彼女のおくれ毛を巻きつけた。「ぼくの庭だよ」

エマは眉をひそめた。「あなたの庭?」

ダンテがごくりとつばをのみ、のどぼとけが動いた。「まず何か食べよう。そのあと、自分だけの庭を見つけた少年の話をするよ」彼の指に無意識のうちに力が入り、髪が引っぱられる。その指が、体が、緊張でこわばっているのがわかる。「なぜきみをここへ連れてきたか、なぜここでなければいけなかったのか、その理由も説明する」ダンテが指から髪をほどいたが、エマの頭皮はまだうずいていた。

ダンテがエマに背を向け、カウンターへ向かった。積み上げられた椀を二つと、ステンレスの容器からスプーンとフォークを取ると、椀をテーブルに置き、それぞれにスプーンとフォークも並べてから、自販機の一つへ向かい、ボタンを押した。

自販機の動作音が聞こえる。

エマは身動きせず、言葉も発せず、存在を消していた――ダンテの人生、ダンテの世界、彼が一人になるために見つけた場所の壁にとまったハエのように。けれどもダンテはわたしを招き入れてくれた。ここにいることがかけがえのないものに思える。自分がかけがえのないものだ、求められているのだと。

自販機からカップが出て、ショウガの香りが漂ってきた。ダンテは同じ動作を繰り返し、カップを二つ手に戻ってくると、さっき用意しておいた椀にそれぞれ中身を空けた。

「ショウガ入りチキンスープだ」ダンテは大きくため息をつき、ひじ掛けもない木製の椅子を引き出した。「エマ、座って」エマが座ると、彼も向かい側の椅子に座り、二人の目が合った。「食べて」

二人は同時にスプーンを取り、スープをすくって口に運んだ。

簡素な料理を二人で味わう——エマがこれまで経験したことのない、そして母がずっと恋い焦がれていた時間だ。外の世界は冷たく孤独だけれど、こうして二人でいるときは安心だと、無言のままわかり合える感覚だ。

目の前のスープのように、温かく心地いい静寂が耳をうつ。ボタン一つで世界中どこへでも行ける。ダンテと夫婦として、彼と二人ならどこへ行っても安心できる。

ダンテがテーブルにスプーンを置いた。「父はありとあらゆる使用人を雇ってぼくを育てさせた。母の腹から引っぱり出された瞬間から、ぼくはしょっちゅう入れ替わる養育係《ナニー》たちにミルクを与えられた」

その声には、心の奥深くから引きずり出したように感情がこもっていた。彼の苦しさが痛いほどわかる。エマも、ホテルのバルコニーで自分の心情を彼に語ったとき、同じ気持ちだった。だからエマは何も言わず、ただ彼の話に耳を傾けた。

「ナニー、家庭教師、世話係の使用人たちに常に取り囲まれていた」暗く重苦しい声がエマの心に刺さる。ダンテが苦しげに顔をゆがめた。「いつも周囲であれこれ言いながら、本当の意味ではそこにいないも同然だった。子ども時代も、十代になってからも、大人になっても、彼らはぼくのことなど本気で思ってはいなかった。年月を経ると、誰が誰だか見分けもつかなくなり、名前もわからなくなった。名前などどうでもよかったんだ。みんなが仕えていたのは父ただ一人、ぼくの生育のために父が決めたルールだったのだから。イタリア、スイス、ネパール、ぼくの行くところへはみんなついてきた。イギリスのカントリーハウスやシチリアの城、日本のホテルのペントハウス……ぼくの周囲にはいつも人がいて、決して一人で静かには過ごせなかった……」

「だから、自分だけの庭を見つけたの？」

「自分だけの場所、だ」ダンテが訂正した。「父が誰かに手配させた場所ではなく、ぼくが自分で選んだ部屋だ。行き先によってそれぞれ違う。村にあるカフェだったり、石畳の通りにある本屋だったり、地図に載っていない部屋だったり。すべてぼくが自分で選んだ場所だ。ぼくが来たら錠を閉めてもらうよう、所有者に金を払って――」

「夜中にホテルを抜け出して来ていたのね」エマの胸はとどろいた。わたしたちは同類だったのだ。ダンテにとって、これを打ち明けるのは大きな決断だっただろう。形は違えど、二人とも幼いころから顧みられず、自分で自分を守るしかなかった。そんな二人が出会い、何かを……自分たちだけのふつうを作り上げた。

「あなたは逃げ出したのね」エマは震える息を吐いた。「お父さまが世界を飛び回る間、自分を愛してもくれない人々に囲まれた孤独な生活から。ほんのひととき、つらさや孤独を忘れるために。自分だけの静かな場所、安心できる場所を作り上げたのね。お父さまではなく、自分自身が支配し、誰が入っていいかも自分で選べる場所を――」

「そしてぼくはきみを選んだ。ぼくたちはこの結婚を選んだ。ぼくたちは同じものを求めていたからだ。借り物ではない、二人だけのベッド。いつでも安心して休める家。そこでぼくたちは互いに――」

「理解し合える？」

「ぼくはきみを知り、きみもぼくを知っている」ダンテが言った。

彼はわたしの味方だ。わたしたちは同じものを求めていた。二人で安心して過ごせる場所、家庭を手に入れていたのだ。

この結婚を続けたい。このまま、ダンテのそばにいたいとエマは思った。

「きみをここへ連れてきたのは、ぼくは安全な隠れ家としてこの結婚を必要としていたのではない、隠れ家ならこうして持っていると伝えたかったからだ。だが、以前はそのつもりはなかったとしても、ぼくたちは互いにとって安心できる場所になれると気づいた。以前は、他人を遠ざけておくほうが安全だった。誰かを中に入れ、その顔や名前を覚えてしまえば、その人たちはいつか去ってしまう。人が去っていくのはもう耐えられない。だったら、他人に愛着を持たないよう、距離をおくほうが安全だ。だからきみとも距離をおいた」

「わたしとも距離を？」

ダンテがうなずいた。「ああ。だが、そうやってきみを締め出すのは間違いだった。ぼくたちの求めるものは同じだ。互いに警戒する必要はない。ぼくはきみの庭になれるんだ、エマ」

苦しげにゆがんだ彼の顔にさまざまな感情がよぎっては消える。エマにはそのどれも読み取れなかった。

「ぼくはきみの庭だ。そしてきみはぼくの庭だ。ぼくたちの結婚は安全な場所、愛や感情といった、望まないものから自分たちを守る防御壁なんだ」

「安全な場所？」エマはダンテを見た。きれいに櫛《くし》を入れた黒髪は耳のあたりで柔らかく巻き、鋭角を描くあごと頬にひげが伸び始めている。さらにのどもとからスーツのジャケットに包まれた広い肩へ、たくましい胸板がちらりとのぞく黒いTシャツへと視線を動かしていく。

「そうだ」ダンテが答えた。

エマは目を上げて彼の目を見つめた。

そこには、自分が決して求めないと思っていたものがあった。

男性に――ダンテに守られる安心だ。

無数のハチが羽音をたてて女王バチの待つ巣に帰るように、胸が激しくざわめく。ハチにとって巣はどうでもいいのだ。彼らにとっては女王バチこそが家なのだから。

そして、わたしの家も目の前にあるはずだ。ダンテこそがわたしの庭、安全な場所。わたしがずっと求めてきたものは彼がすべて与えてくれる。そしてそれを得る手段としてこれまで考えてこなかった、結婚して夫婦になるという関係も。

二人を取り巻くすべての世界を、ダンテの世界を、彼は与えてくれると言う。そこでわたしは温かく守られ、安心できる。求められる。でも愛されはしない。愛など、二人とも求めていないのだから。

「たぶん、きみが出ていった理由はそれじゃないか。ぼくはきみを締め出してしまっていた。だがぼくはきみの顔も名前も知っている。エマ、きみは中に入ってきていいんだ。そのままいていいんだ。ここでも、ぼくたちの家でもベッドでも、ぼくはきみの求めるものを与えてあげる。ベッドできみの体を抱いたら、きみが持っていないもの、きみがほしいというものをすべて与えてあげるよ」

その瞬間、エマの中に過去五年間の記憶がよみがえった。空の椀にスプーンが音をたてて落ちた。

すべて思い出した。二人の結婚が破綻した理由も。自分が家を出ていった理由も。

エマは椅子を鳴らして立ち上がった。わたしが契約を破棄して家を出たのは、この結婚に自分の感情が入ってきてしまっているのに気づいたからだった。

わたしは契約内容以上のものを求めるようになっていた。決して求めないと心に誓ってきたものを、この人に求めるように――。

「どうした?」ダンテが強い視線で刺すように見つめてくる。「何か問題でも?」

「気分が悪いの」エマの体の深いところが規則的に震え始めた。「ホテルに戻りたいの。わたし……」

どうしよう。

わたしはルールを破ってしまった。

二人の関係に感情を持ち込んでしまった。

でもダンテはそれを知らない。彼から見れば、わたしは彼の母親や父親と同じように、ただ彼のもとを去っただけだ――なんの説明もなしに。

それでも彼はわたしを迎えに来てくれた。

今もここにいてくれる。

でもダンテは間違っている。わたしをここへ連れてくるのは危険だ。彼が締め出したはずのものをわたしは求め、ここへ持ち込んでしまった。

「ごめんなさい」エマは心からそうつぶやいた。ごめんなさい、ルールを破って。ごめんなさい、契約にない感情であなたを求めてしまって。こんな危険な人間を大事な場所へ連れてこさせて、わたしの顔と名前を覚えさせて。あなたがずっと避けてきたものを体現しているようなわたしを――。

「きみは疲れているんだ、エマ。ちゃんと寝かせてやるべきだった」ダンテが首を振り、エマの体を抱き上げて、来た道を戻り始めた。エマは彼に抱かれたまま目を閉じ、彼の首もとに顔をうずめた。

涙をこぼすわけにはいかない。

泣いてはいけない。

けれども、ここを出れば、もう互いにもとに戻れないことはエマもわかっていた。

11

ダンテはエマのシートベルトを装着し、〈カペッタ・コンチネンタル〉へ戻るよう運転手に告げた。

エマは座席にぐったりともたれ、窓の外を眺めた。通りは眠るように暗く沈み、街の光やまばゆいネオンサインが無機質に輝いている。

わたしは自分自身だけでなく、ダンテをも裏切った。その罪深さが今はわかる。

なんの釈明もなく、空っぽの家に彼一人を置いて姿を消した。彼のことなど気にもかけず、振り向くこともなく消えていった他の人々と同じように。

かつてダンテの周囲にいた人々は彼のことを何も知らず、知ろうともしなかった。でもわたしは知っている。

胸が痛くなる。以前は気づかなかったその空虚さに泣きたくなる。ダンテがそばにいたときは、彼がその空虚を埋めていた。彼はわたしに自分のものだという刻印を刻んだ。

そのせいでわたしはだめになった。感情を持つようになって、すべてが壊れてしまった。それなのに、壊された気にならないのはなぜだろう？　なぜこんなに温かいの？　なぜ――。

わたしはばかだ。

ピンク色の照明に浮かび上がるホテルの前で車が停《と》まった。ダンテが先に降りてエマの側のドアを開けた。見上げると、何か言いたげな茶色の目と視線がぶつかり、エマは時間切れだと悟った。記憶が戻った、家を出ていった理由がわかったと彼に伝えなければ。

「部屋まで抱いていこうか？」

エマはかぶりを振った。敵であるわたしを抱いて運ぶなんて、そんなことはさせられない。わたしは彼の望みとは真逆の人間なのに。こんなわたしを彼だけの大切な場所へ連れていき、招き入れるべきではなかったのに。

「大丈夫よ」思いをのみ込んでエマは答えた。のどがつまって息が苦しい。もう逃げ場はない。自分の罪を正直に打ち明けなければ。

そして、わたしたちは終わりだ。

「おいで」ダンテが手を差し伸べた。長くがっしりしたブロンズ色の指。何度この手が差し伸べられ、わたしを安心させてくれたのだろう。そんな彼の優しさや信頼を受け取る資格など、このわたしにはないのに。わたしは彼の安心できる場所でも庭でもない。そして彼も、もうわたしのものではないのだ。

ダンテに手を取られ、体を支えられて、エマは車を降り、二人でエレベーターへ向かった。ロビーの人影は目に入らず、見えるのはダンテだけ、しっかり手を握って支えてくれている彼の手だけだった。けれども、エマの心は支えもなく震えていた。今夜真実を告げれば、もう二度と彼がこの手を握ってくれることはないだろう。

エレベーターの扉が閉まった。のどの痛みをやわらげようと、何度もつばをのむ。話す準備をしなければ。でも準備などできない。

ほんの数時間前このエレベーターに乗っていたときから、あまりにも変わってしまった。今体内にあふれているのは、さっきまでのような期待ではなく、もっと重苦しく息苦しい不安だ。コートの下の体がこわばり、じっとり汗ばんでいる。

エレベーターはどんどん上昇し、やがて目的階への到着を知らせるチャイムが響いた。二人は手を握り合ったまま、並んでエレベーターを降り――。

「ダンテ」エマの呼びかけにダンテが足を止め、顔を向けた。こうして二人でいられるのもこれが最後だという思いが改めて胸を刺す。

「キスして」最後に一度だけ、柔らかく豊かな彼の唇を味わいたい。それから本当のことを打ち明け、別れを受け入れよう。

ダンテの手でドアを閉め、わたしを締め出してもらおう。そうするしかない。彼はわたしに嘘《うそ》をついたことも、ルールを破ったこともない。悪いのはわたしだ。わたしはここにいることで、あの日彼に真実を告げ離婚を申し出る勇気もないままメイフェアの家を去ってしまったことで、ルールを破り彼を裏切ってしまった。

「眠ったほうがいい、エミー」ダンテの目が彼女の目をとらえた。「そしてゆっくり休んだら――」彼が一歩近づく。その体の熱が、香りが、エマの中へ流れ込んでくる。「話し合おう、これからどうするか」ダンテは片方の手のひらでエマの頬を包み込み、親指の腹で頬骨をなぞった。その柔らかさに、力強さに身をゆだねてしまいたいと心が揺れる。

わたしは弱い。母と同じだ。

ダンテは決して――。

これは、愛？

今感じているこの気持ちは愛なの？　家を出たときにはわからなかったけれど、今はあのときより強い感情がこみ上げてくる。

母が生涯追い求めてきた偽りの愛ではなく、母がいつも読んでいた、わたしもこっそり拝借して庭で読んでいた小説の中の愛。体だけでなく、その奥の人間そのものを、魂を、まるで写し鏡のように見つめ合う愛。

母がずっと恋い焦がれ、命をかけて求めていたのはこんな愛だったの？　自分を受け入れ、互いに求めるものを知り、それを思いやり深く与え合い、周囲の雑音やつらいことから優しく守ってくれる、そんな相手だったの？

ダンテはわたしに優しくしてくれた。記憶を失ったわたしを迎えに来て、結婚生活を取り戻そうとしてくれた。わたしは自分の中で大きく育ってきたものから逃げようと家を出たのに、その思いは今もさらにふくらんで、今にも胸がはちきれそうだ。

「キスして、お願い。今すぐ」エマは懇願した。言葉では語れない、語りたくない思いを、この唇で彼に伝えたい。

「一度だけだよ」ダンテがささやいた。そう、それだけでいい。あなたがわたしを突き飛ばし、嘘つき、裏切り者とののしる前に――。

ダンテの手がエマの腕からコートの中へ忍び入り、ヒップをつかんだ。抱き寄せられるままに、エマは彼にぴったりと体を寄せた。

ああ、なんてしっくりするのだろう。

エマはダンテの肩に片手を置き、近づいてくる唇を見つめた。温かい息がかかり、彼の唇を受け入れようと唇を開く。

目を閉じた彼女の顔を、ダンテが両手で包み込んだ。エマも彼の頬に両手を当て、そっと支えた。

ダンテの唇がエマの唇にそっと優しく触れた。エマは泣きたくなるのをこらえ、さらに強く唇を押しつけて、彼の口内に舌を差し入れた。ダンテの舌もエマの口内に入り込み、二人の舌がからみ合った。エマはさらにキスを深め、胸の中の思いをすべて注ぎ込んだ。

彼がもっとほしい、彼をもっと知りたい――あの日、ダンテに告白する勇気がなくて逃げ出したはずのそんな激しい思いを、今は抗《あらが》うことなく、その舌に、そのキスに込める。わたしはそれを求めているけれど、ダンテは求めていない。だからこれでさよならだ。ぬくもり、情熱、欲望、そして愛――これまで感じてはいけないと自分に言い聞かせてきた、そんな思いを込めて、エマはキスをした。

二人の間で根本的な何かが変わった。エマ自身が変わった。変えたのはダンテだ。優しさと情熱を示し、大切に接してくれたおかげで、わたしは生まれ変わることができた。

ダンテの言うとおり、初めて出会った夜はただ体だけを求め合った。二人の関係は激しく情熱的で、互いに必要としていたのはそれだけだった。

でも今夜は、いいえ、わたしが転倒してからは、ダンテは以前より優しく、辛抱強くなった。二人の関係がこれほど穏やかになったのは初めてだった。かつての二人はろくに話もしなかった。わたしも質問などしなかったし、彼もそれを許さなかった。話ができるほどそばにもいなかった。なぜこの契約結婚が二人にとってこれほど大切だったのか、なぜ二人がベッドの中でも、そして外でも相性のいい関係だったのか、エマはわかっていなかった。

でも、今はわかる。

「エミー……」合わせた唇の間でダンテがささやき、エマの心は痛んだ。彼はわたしのことをわかってくれている。

そんなつらい思いを断ち切るように、エマは唇をもぎ離した。

「ダンテ」彼のあごの先にキスをする。「ダンテ」繰り返し彼の名を呼びながら右の頬、左の頬にキスをする。「ダンテ、わたしはあなたの名前を知っているわ」閉じたまぶたを片方ずつ唇でなぞると、涙がこみ上げてきた。「あなたの顔を知っているわ」そう言ったあと、エマは彼の顔から、温かい肌から手を離し、一歩下がった。「あなたのことはよく知っているわ」エレベーターのほうへとさらに後ずさりする。彼を近くに感じながら離れていくのがつらい。「よく知っているのよ」声が震えた。

出会った瞬間、わたしたちはわけもなくひかれ合った。頭や心はともかく、互いの体ですぐに気づいた——ぴったりの相手だと。それなのに、自分自身に嘘をつき、理屈に合わないことに理屈をつけようと、ルールを決め契約を交わした。そうやって自分自身を納得させていた。二人の関係はただ熱く体を合わせるだけのものではない。もっと深い、魂と魂の結びつきだったのだ。

魂の伴侶。

出会った最初の夜から、わたしは彼の魂に触れた。だからこそ警戒心もかなぐり捨て、彼をもっと知りたいと、その腕に飛び込んだのだ。

出会うはずのなかった二人を、運命が引き合わせた。そして互いに、運命の相手だと気づいた。

彼はずっとわたしを理解してくれていた。

だからこそ、話さなければいけない。

「ベッドへ行こう、エミー」

このまま何もなかったふりをして、ダンテについてベッドへ行き、彼の体を抱きしめるのは簡単だ。目を閉じてあと一晩、真実を告げないまま情熱を交わすことはとても簡単だ。

「だめよ」エマの声がかすれた。そんなことをすれば、あとには厳しい罰が待っている。

納得して契約書にサインしたはずなのに、わたしはそれ以上を求めるようになってしまった。これでは母の二の舞だ。その結末がどうなるかは自分自身が知っている。

だから、ダンテにはついていけない。たとえあと一晩でも、自分を偽ることはできない。そんなことをすれば、ただ彼を愛するばかりか、いつか彼も愛を返してくれるのではと希望を抱いてしまう。希望は人を殺すのだ。

わたしも、もう何も知らない子どもではない。彼への愛着が深まることを恐れてわたしは家を出た。

でも、今は……これまでの結婚生活で、今一番ダンテを、そして自分自身をよく理解できている。

わたしはダンテにとって悪夢そのものだ。

ダンテを大切に思う、魂の伴侶だ。

ダンテを、愛している。

この数カ月間、そんな自分の思いと闘ってきた。

彼が病院へ会いに来てくれたときもそうだ。だから、愛などほしくないと思い込んでいた、何も知らない二十二歳の自分に戻っていた。愛が人にどんな影響を与えるかを知っていたから、そう決めていた。

そして、記憶を失ったままでも、そんなものを再びほしがらないよう、逃げ道を求めていた。

結婚の契約を交わすときも、どちらかが求めれば離婚できるという免責条項をつけていた。わたしと同様、ダンテもそれを求めたからだ。それだけダンテの心の傷も深いということだろう。そんな彼の、そして自分自身の心の傷をどういやせばいいのか、わたしにはわからない。

ダンテの求めているものはわかっている。彼はわたしに嘘をついたこともないし、約束は必ず守ってくれた。でも、二人のゴールは変わってしまった。わたしが変えたのだ。

わたしは本物の結婚がしたい。

「なぜだめなんだ？」ダンテの鋭い視線が突き刺さる。「なぜぼくとベッドへ行けない？」

もう時間切れだ。告白のときだ。

でも、これは二人の関係の終わりではない。始まりだ。

本当は三カ月前に言葉で伝えるべきだった。でも、自分の望みと彼の望みが一致しないのではと怖かった。今も怖い。

でも、ダンテはわたしの運命の人だ。

そしてわたしも、彼の運命の相手なのだ。

二人なら、不安に打ち勝てるのでは？

二人なら、自分たちなりの愛を見つけることができるのでは？

二人なら、乗り越えていけるのでは？

胸の中に希望がわいてくる。

「話したいことがあるの」

「医者を呼ぼうか？」ダンテの顔に心配そうな表情が浮かんでいる。

彼もわたしを大切に思ってくれている。

エマはかぶりを振った。

それじゃまだ足りない。

「思い出したの」

ダンテが驚いたように口を開けた。その唇にキスしたい。何度も繰り返し、息ができなくなるまで。その頬にも、意志が強そうなあごにも、まぶたにも。あなたをちゃんと思い出したと伝えたい。そして彼をどこか新しい場所へ、愛のぬくもりに包まれて安心して生きていける場所へ連れていきたい。わたしたちは同じなんだ、一つになれるんだと教えたい。

エマは目を閉じた。ダンテの、愛する人の顔を見ないほうが打ち明けやすい。胸が激しくとどろく。

「すべて思い出したの。なぜあの日家を出たか、あなたから逃げ出したか――」そこでひどく恥ずかしくなり、言葉につまる。わたしは弱かった。これまでダンテの周囲にいた人々と同様に、彼を捨てて出ていってしまった。でももう逃げたりしない、少なくとも、なんの説明もなく出ていったりはしない。

「ごめんなさい、あなたを一人にして。ごめんなさい――」エマはゆっくり目を開け、ダンテを見た。

もう何も隠さない。自分の感情をしっかり抱きしめていく。

ダンテにはわたしの愛が、そしてわたしにはダンテの愛が必要だ。

わたしたちは互いに必要な存在なのだ。

だからこそ、わたしはダンテを、あのまなざしを、自ら築いた防御壁の中へ迎え入れた。

「怖かったの」エマは告白した。

「怖かった？　何が？」そうたずねるダンテの声がこわばっている。二人の間に起きつつあることを拒絶しようとする声だ。けれども変化は起きている。二人の間の空気が重く張りつめる。

「あなたがよ、ダンテ。あなたといると生まれてくる感情が、そんな自分自身が怖かったの」

「ぼくを怖がる理由などないはず――」

「それでも怖かったの。わたしはルールを破り、あなたに特別な感情を抱くようになってしまった。今も感じているわ。恐ろしいほど大きな感情を。今も怖いの。わたしが感じてしまった、今も感じているこの思いを打ち明けたら、あなたに追い出されてしまうだろうと」

「ベッドへ行こう、エマ」さっきより強い語調でダンテが繰り返し、エマに歩み寄ってきた。エマの視界には彼の姿しか入らなかった。ダンテ・カペッタ。わたしの夫。わたし自身をいやすすべを与えてくれる人。わたしを抱きしめ、大切に守ってくれる人。そしてわたしも、彼を大切に守りたい。彼を抱きしめ、この体で苦しみから遠ざけてあげたい。でも、わたしは彼の魂もほしい。わたし自身の魂とともに、安全な場所で守ってあげたい。彼を愛し、そして彼からも愛されたい。

「そんなきみの大きな感情はベッドで、この唇で受け取るよ」ダンテがまた一歩近づいてくる。「そんな感情などどこかへ飛んでいくほど強くきみを貫いてやるよ。これまでもずっとそうだっただろう。ぼくたちがベッドをともにするときは、不安などなく、心ゆくまで激しく燃え上がったじゃないか」また一歩。「怖がることはない。何も恐れず――」

「やめて！」エマは叫び、手のひらで彼を押しとどめた。「わたしたちの契約は無効よ、ダンテ。わたしはルールを――」

「あなたを愛しているの」そう口にした瞬間、心が解き放たれ、自由になった気がして、エマは繰り返した。「愛している――」

「二度と言うな、エマ」ダンテの声は暗い。

「今ならわかるわ。あなたは怖いんでしょう」

「怖くなどない」ダンテが眉をつり上げ、強い視線でエマを見つめた。「エマ、きみはぼくを裏切った。ぼくたち二人を裏切ったんだ」

「わたしもそう思っていた。だから置き手紙をして家を出たの。あなたも自分自身も裏切ってしまったと思って。でも違ったの。わたしたちを裏切ったのは、わたしたちの両親、そして過去だったの。過去の亡霊がわたしたちにとりついて、自分たちの感情を否定し、不安の下に押し隠すように仕向けているのよ。彼らの過ちが今のわたしたちの人生を、あなたとわたしの関係を決めているの」

「誰にも決められてなどいない。ぼくは自分のやりたいことを決めている。ぼくは自分のやり

「そんなこと関係ない。知りたくもない。エマ、きみは今ここにいるんだ。これまでどおり続けていけるさ」

「できないわ」

「できる。こうしてぼくのそばにいればなんでも手に入るんだ。体の歓《よろこ》びも、安全も、ぼくの腕の中で守られる安心も。約束したものすべてが手に入るんだ」ダンテの声がかすれた。

「それだけじゃ足りないのよ」エマは言った。胸が苦しいほどにふくらむ。「わたしはあなたを――」

「エマ、言うな」ダンテが警告した。その表情は苦しげにゆがみ、こわばっている。

でも、言わなければ。これまでずっと、自分の感情から、胸の奥に秘めた欲求から逃げてきた。愛されず求められなかった母のようになるのが怖かった。でも、わたしは求められている。そして、ダンテに愛されたいと願っている。

方で、自分のルールで人生を生きている」

「それは嘘だと、自分でもわかっているでしょう。あなたがまだ少年のうちにパイプカット術を受けたのも、お母さまのことが原因なんでしょう」

「違う。ぼくはもう大人だった」

「いいえ、あなたは手術を受けることでようやく大人になったのよ」エマが言い返した。「生まれてくる子どもが自分の意にそわない形で利用されることがないよう、潜在的なリスクを断ち切ったんだわ。あなたもわたしと同じように、人間は自己中心的な欲望のために他人を利用するものだと教えられてきたから。他人を信じるな、誰もそばに寄せつけるな、誰も愛するな、誰からも愛されるなと学んできた。結局は裏切られるだけだから、と。だからあんなに細かくルールを決め、わたしと契約を結んだ。感情にとらわれないように。あなたを無条件でいとおしんでくれるはずの人々はみんな去っていったから。だからあなたは、現実に危険が及ぶ場合に備えて、セーフティネットや免責条項を張り巡らせた世界を作り上げたんだわ」

「勝手にねじ曲げるな」低く警告するような声でダンテが言った。「ぼくの言葉に裏の意味などない」

「わかっているわ」エマは静かに言った。

「なだめようとしても無駄だ」

「そんなつもりはないわ。わたしだって同じよ。わたしたち、二人とも間違っていたの。でももう偽りの約束やルールの陰に隠れるつもりはないわ。怖いからといって安全策に逃げ込んだりはしない。不安やルール、契約にわたしを閉じ込めようとする、そんなものを追い払って自由になるの。わたしは傷ついたときには大切にしてもらいたい。優しさがほしいときには優しくしてもらいたい。情熱的なキスを求めたときには与えてもらいたい。そのすべてを手にする権利が、愛される権利がわたしにはあるの」

「愛が何かも知らずにそんな言葉を使うな。愛など偽りだと、ぼくたちは二人ともわかっているはずだ。それはただの欲望にすぎない。体だけの――」

「わたしはもうそうは思わないわ。魂はどうなるの？　初めて出会った日、あなたはわたしの魂に、わたしはあなたの魂に触れた。互いに感じ合い、理屈もないままにひかれ合った。頭や心ではわからなくても、運命の相手だと体は知っていた。あなたもわたしも、自分に嘘をついていたの。理屈でないものに理屈をつけようと、ルールを決めて契約を交わし、二人の関係をなんとか理解しようとしたの。でも、それはただ体を合わせるよりもっと深いものだった。わたしたちは――」

「体の相性がぴったりだった」ダンテが遮るように言った。

「魂の伴侶なの」

「勘違いしているだけだ」

「いいえ、目を開かれたの」

「やはり医者を呼ぼう」

「呼んでなんと言うの？　妻がぼくを愛しています、と？」

「きみは妻なんかじゃない。詐欺師だ」ダンテが吐き捨てるように言った。

「そうね。わたしはあなたが結婚したエマじゃない。肉体関係だけで満足していた女じゃない。でもそれはあなたも同じでしょう。あなたも変わったわ、ダンテ。わたしを受け入れてくれた。あなたの大切な場所へわたしを連れていってくれた。契約では許されないことをたくさんしてくれた。わたしが入院したときも迎えに来てくれた。日本へも同行させてくれた。わたしを信頼してあの場所へ連れていき、話を聞かせてくれた。それがどれほどつらいことだったかわかるわ。わたしも以前バルコニーであなたにすべてを打ち明けたとき、とてもつらかったから。

ダンテ、あなたもわたしを愛しているのよ。たとえわたしにも、自分自身にも認めたくないとしても」

そう言ってエマは祈った。どうか、わかってくれますように。わたしはあなたのそばにいたいの。

熱い涙がこみ上げ、とめどなく頬を濡《ぬ》らす。こんなことは言いたくなかったし、ここを出ていきたくもない。でもダンテのことはわかっている。これが彼にとってどれほど受け入れがたいことかも。でもわたしは彼の父親ではない。ダンテが自分を失うことになるのなら、わたしは自分が求めるものを手に入れるために偽りの言葉を使ったりはしない。

「ダンテ、わたしたちが愛を与え合うことはそれほどつらいことかしら?」エマは涙をふき、背筋を伸ばして首をかしげた。

「ぼくはきみを愛してない」ダンテが言った。

耳をふさぎ、目をつぶりたい。「ダンテ――」

「きみの話は聞いた。今度はぼくの話を聞くんだ。契約期間は終わった。二人の結婚は終わりだ、エマ」ダンテの言葉、その声の冷たさがエマの胸に突き刺さり、心が砕け散った。

立ち直れないほどの致命的な傷だ。

「ごめんなさい」エマはつぶやいた。本心だった。嘘がつけず、ごまかすこともできないことが、そして彼への思いがこんなにも大きくなってしまったことが申し訳なかった。「出ていくわ、今すぐ」そう言うとエマは、生涯でただ一人信じた、ただ一人愛し、その愛を求めた人から目をそらした。

死にたくなるほど苦しい。

一歩踏み出すと、心が壊れるのを感じた。でもきっと耐えられる。生き抜ける。母は父より先に亡くなってしまったけれど、少なくとも自分が求めているもの、与えられて当然のものには正直だった。そしてわたしは、ダンテが愛を返してくれないと知り、いさぎよく去っていく。

手首を強い力で握られ、見上げた視線がダンテの視線とぶつかった。二人の目が燃え上がり、ダンテの鼻腔《びこう》がふくらんだ。

「二度と出ていくことは許さない」

ダンテの胸が大きくふくらみ、全身の筋肉が硬くなった。

エマを近づけすぎた。彼女の存在がなければ生きていけない、空気のような存在にしてしまった。だが、彼女なしでも生きていくすべを学ばなければならない。これは究極の裏切りだ。彼女を信頼してさまざまなことを打ち明け、大切なものを見せ、距離を縮めすぎた。エマはそんなぼくの力を奪い、涙と打ち明け話でぼくの防御壁を崩してきた。

「ぼくがなぜきみを病院から引き取ったか、知っているか？」ダンテはさらにエマに近づいた。これほど距離をつめても彼女に触れずにいられる。自分の力を取り戻すのだ。

「それは、わたしを大切に思ってくれているから」

エマの息がはずんだ。「わたしを愛して――」

「きみの本音を知るため、丸ごとさらけ出させるためだよ」ダンテはそう言い、彼女の顔が青ざめる様子を見つめた。

「さらけ出させる？」エマがあえぐように言った。

「さほど難しいことではなかったよ。きみも他の連中と同じだからな」

「同じって？」

「みんな同じだ。もっともっととほしがるだけだ」

結局エマも、ぼくをもてあそんだだけだった。

エマは嘘つきだ。彼女もぼくと同様、愛など存在しないと知っているはずなのに、そんな言葉でぼくを攻撃してきた。だが彼女の言葉がぼくの鎧《よろい》を貫くことはない。この心の中には入り込ませない。そして、去っていくことも許さない。もう二度と、ぼくを捨てることは許さない。

「ぼくの母もきみと同じだったよ」ダンテがそう言うと、エマがどういうこと、と言いたげに眉をひそめ、唇をぎゅっと結んだ。きみのことはお見通しなんだと伝えるため、ダンテは続けた。「母もぼくたちと同じような契約で父と結婚した。二人の結婚の条件を定めたその契約を母は利用し、父が何よりも求めていたものを使ってより多額の手切れ金を手に入れた。だがぼくは、きみを求める気持ちを隠したことも、ぼくに対するきみの力を否定したこともない。記憶が戻っていなくても、きみを手放したくないというぼくの欲望は見ればわかったはずだ。そしてきみはそれを利用している。だがぼくは、そんなことにだまされはしない」

「だから、さっきから言っているでしょう、わたしが求めているのはあなたの愛よ。それが与えられないのなら、出ていくだけだわ」エマが言った。

「それは無理な注文だ。愛など存在しない、偽りなんだ」ダンテはいらだちに声をあげた。

「いいえ、存在するわ。あなたがわたしを病院へ迎えに来てくれたのも、あれこれ世話を焼いてくれたのも、愛ゆえよ。あなたは——」

胸にこみ上げるものを思いきり吐き出したい。嘘つき、ずるい女とののしってやりたい。「ぼくはきみとの約束を守ったぞ！　なのにきみはすべて破った。少年時代の話もしたのに——」

「孤独な少年ね」

「それなのに、きみはぼくの話をねじ曲げ、ぼくが求めるたった一つのもの——きみ自身をぼくから奪うと脅している。エマ、きみに愛を与えられて、ぼくにどうしろというんだ？」

「愛を返してくれればいいのよ」

「でたらめを言うな」

「まだわからないの？」エマが再び目に涙を浮かべ、

ダンテの胸に手を当てた。

ダンテの思いとはうらはらに、彼女の指の下でその胸は激しく高鳴った。

「わたしたちの両親は、自分たちの醜い過ちで本当に美しいものを覆い隠してしまったの。わたしはあなたをもてあそんだりしたことはないし、初めて出会った夜からずっと正直でいたわ。それは今も同じよ。今言っていることがルールに反していることはわかっている。でもわたしは、わたしたちは変わったの。お願い、ダンテ、あなたの心にわたしを受け入れて。あなたを愛させて」

「だめだ」ダンテはエマの手を振り払った。今すぐ自分の力を取り戻さなければ。

エマがかすれ声で言った。「わたしは何も持たずにあなたと結婚した。そのまま、身一つで出ていくつもりよ。最初に出ていったときと同じ、メイフェアの家に残していったものは何一ついらない。わたしがほしいのは、わたしに必要なのはただ一つ、あなたよ。あなたをだまそうなんて思ってない。わたしはお母さまとは違う。あなたを……愛しているの。あなたもわたしを愛しているはずよ。でも……」

「違う。ぼくはきみを愛してなどいない。きみの愛もほしくない。そばにいてくれと懇願するつもりもないし、きみの嘘や、約束を破って存在しないものを主張する言葉も受け入れる気はない。きみはぼくにとって重要なもののように愛という言葉を口にするが、そんなものはなんの意味もないんだ」

ダンテは思わずエマの手首を握りしめた自分の手に目を落とした。この手を離したい、彼女を手放してしまいたいと指がうずく。

「そして今はもう、ぼくにとってはきみもなんの意味もない」エマの手首を放した瞬間、ダンテは息ができなくなった。苦しい。息が吸えない。「だが、約束はちゃんと守る」ルールブックを失ってしまえばぼ、ぼくはただの弱い男だ。そうなるわけにはいかない。だがその瞬間、バーミンガムの病院でのエマの姿が脳裏に浮かんだ。「明日、きみに迎えの車を呼ぶ。イギリスへ戻る便も予約しておく。メイフェアの家はきみのものだ。きみが家に着くまでに契約書も届けさせておく」

「ダンテ――」

「きみは生涯金に困ることはない、安泰だよ」

「わたしは――」

「エマ、もうきみの話は聞きたくない。きみが触れ、きみの嘘や破られた約束に汚されたもののそばにもいたくない。あの家のものは何もいらない、すべてきみにやる。そしてこれも――」ダンテは自分の手に、二人の契約の証《あかし》である金の指輪に目をやると、指から抜き、二人の間にかざしてエマの目を見つめた。彼女の頬を伝う涙も、それを親指でぬぐってやりたいという己の衝動も無視して、彼は指輪を床に落とした。

エマがはっと息をのんだ。

「今度はぼくが去る番だ」ダンテは炎のような激しさで告げた。「もう二度目のチャンスはない。きみを迎えに行くこともないし、きみが訪ねてきて哀れな身の上話を語るのを待つこともない。もう終わりだ、ぼくたちは――」

「ダンテ、お願い」

ダンテは耳をふさぎ、エマの形にぽっかりと空いた胸の穴にふたをした。二度と彼女を入れるものか。エマなど必要ない、ほしくない。

嘘つきめ。

エマの脇を通り過ぎるのは苦しかった。彼女に引き寄せられる誘惑に屈したくなるのをこらえ、ダンテはそのままエレベーターへ向かった。

「どこへ行くの？」

エレベーターのボタンに手をかけたまま、ダンテダンテの全身に冷たいものが走り、骨に、肺にまでしみとおった。

彼はミラー仕上げの壁に手をつき、体を支えた。

体が冷たい。

孤独だ。

ダンテは息もできなかった。

は足を止めた。だが振り向きはしなかった。

二人が初めて出会ったあの夜に戻るのだ。あの夜、エマの手を握り、唇を求め、体を奪うべきではなかった。あの夜、身も心も彼女に奪われて以来、ぼくはおよそぼくらしからぬ行為を重ねてきた。

「できる限りきみから離れられるところだ」ダンテはエレベーターのボタンを強く押し、開いた扉の中へ踏み込んだ――エマの嘘に、二人の偽りの結婚に、彼女が破った約束に背を向けたまま。

振り返ったら、エマの目の前で扉が閉まるのを目にしたら、せっかく決めた心が揺らいでしまう。疑念に決心が鈍ってしまう。

ぼくはもう決めたのだ。

エマの愛などいらない。

ぼくは変わらない。

弱くなどない。

扉が閉まった。

12

ダンテは眠れなかった。

この一カ月半、かつての心の高まりを、かつての自分を取り戻そうと、スカイダイビングや登山に取り組んだ。山中に修行僧を訪ね、瞑想《めいそう》し、新旧のありとあらゆる神に祈りもした。だが、いまだ答えは見出《みいだ》せず、みずからを見失い、崖っぷちで一人立ち尽くし、寒さに震えていた。ぬくもりを求めていたが、彼を温めてくれるものは何もなかった。

両手で顔をごしごしとこする。ひげも髪も伸び放題だ。ダンテは目を閉じ、髪をかき上げてぐいと引っぱった。

なぜいつまでもこんな気持ちを引きずる？

目を開けて、目の前の書類を見つめる。署名欄が空欄になっている。

離婚の申請書だ。

二人の間のルールブックによれば、エマとはとうに離婚していたはずだ。日本へ行く必要などなかった。だがぼくはみずから主導し、あらゆるルールを曲げてまでエマを誘い、ぼくのそばにいたいと彼女に思わせようと仕向けた。

そして、エマはそのとおりになった。

今回彼女を遠ざけたのはぼくのほうだ。

彼女にはなんの責任もない、ぼく自身の子ども時代のトラウマを吐き出して彼女の肩に背負わせた。

だが、ずっと隠していた場所からそのトラウマを引きずり出し、白日の下にさらけ出したのはエマだ。

そしてぼくは、そのトラウマのせいで壊れてしまった。今はかつての自分の抜け殻だ。エマをわざと傷つけてしまった、そんな自分が許せない。たとえそれが正当なことであったとしても、ぼくは彼女を守るという約束を破り、みずからの手で傷つけてしまった。誰かに心を寄せ、絆《きずな》を結んだあとに置き去りにされるという恐怖に耐えられなかった。

だから、自分から背を向け、彼女を捨てた。

だがそれで、自分が強くなったとは思えない。自分が自分でないようだ。自分で決めたルールもすでになんの役にも立たない。

そもそも、最初から無益だったのではないか？　これまで刺激的な人生を送ってきたが、それは孤独な人生でもあった。

エマと出会うまでは。

エマはそんなぼくを自分の庭に招き入れてくれた。ぼくは彼女を誘惑し、ぼくは安全だ、中に入っても花を、きみを、踏みにじることはないと嘘《うそ》をついた。

だがぼくは毒蛇だった。彼女に咬《か》みついた。そしてぼくたちの結婚は息絶えた。ぼくが受け入れられなかったから、エマのせいで変わったことを――。

彼女を愛したことを？

エマはぼくがもともと約束した以上のものを求めなかった。そう、離婚すらも。

エマは母とは違う。

ただ、ぼくを愛したいと、そしてぼくから愛されたいと、それだけを求めていた。

ぼくはばかだ。ぼくが愛の何を知っている？　知っているのはただ、彼女が言ったこと、身をもって示したことだけだ。ぼくたちは魂の伴侶だと。

そんなエマの告白が、彼女の愛があまりにも大きすぎて、ぼくはおじけづいてしまった。そんな思いを受け止められなかった。

胸が締めつけられる。

必要なのは二人の署名だけだ。それですべてが終わる。エマは永遠にぼくの前からいなくなる。

今さらためらって、疑念を抱いてどうする。エマはぼくのものではない。彼女を安全に守ることも、彼女の要求に応えることもぼくにはできない。こんな愛も、自分自身さえ、ぼくにはわからないのだ。

今日、この書類に署名さえすれば、ようやく息ができるだろう。それで本当に終わりだ。彼女が書類に署名するのを見届けたら、ようやくエマから自由になれる。ようやく自分自身を取り戻せる。

また一人ぼっちだ。

昔からそうだったように。

飛行機が着陸した。ダンテは書類をまとめて手にぐっと力を込めると、タラップを降り、待ち受けていた車に乗り込んだ。

十分後、彼女は署名するだろう。

エマはまだ不安だった。

最初にダンテのもとを去ったときは、彼と出会う前の生活に、貧しい公営住宅に戻ってやり直した。紹介されたどんな仕事でも引き受け、疲労で意識が飛ぶまで働き続けた。何も考える必要も、感じる必要もなかった。自分が置いてきたものも、これからやってくるものも、思い出す必要はなかった。

関係の終わり。離婚。

疲れきった頭の奥で、いつかそれが訪れることはわかっていた。

エマのいないこの家にはいたくないと、ダンテは以前言っていた。その気持ちが今はよくわかる――あの日飛行機で感じた以上に。

ここにいるのは苦痛だ。ダンテの手で病院から連れ戻されたあの夜には見えなかったものが、ここで暮らした日々の記憶がよみがえってくる。

どの部屋にもダンテの残り香が漂い、寝ても覚めても、夢の中にまで、彼の姿が浮かぶ。

この一カ月間半、エマは床に伏して泣きたかった。口に出すべきではないただ一つの言葉を口にし、一つの思いを打ち明けたことで、すべてを壊してしまった。ダンテにとっても、そして自分自身にとっても重すぎるその思いに、エマは消耗していた。そばにダンテがいなくても、彼への切ない思いからは逃げられない。日本で彼に感じたもの――情熱、親近感、そして親密さ。

それは愛だと、今ではわかる。それをダンテに打ち明けたあの夜以上に。それをもう一度、彼に伝えよう。

でも、ダンテはわたしに一度も嘘はつかなかった。母をずっとだましていた父とは違い、わたしにはずっと真実を語っていた。それがどれほど無遠慮で歯に衣《きぬ》着せぬ、耳をふさぎたくなるような言葉でも、嘘はつかず、約束を破りもしなかった。

彼は戻ってこない。

それでもエマはこの家で待ち続け、愛する彼の幻とともに暮らしている。そうするしかなかった。無駄だと思いながら、心のどこかではまだ希望を抱いていた。

ダンテへの思いの深さが自分でも怖いほどだ。彼への愛は弱まるどころか、日に日に大きく、強くなっていく。そうなればなるほど、苦悩も増していく。

わたしは彼に答えをせかしすぎた。ダンテがわたしにしてくれたように優しく接し、受け入れることができなかった。わたしに愛を投げつけられて、彼はどうしていいかわからなかった。自分に理解できない、信じられない愛という感情をどう受け止めればいいかわからなかったのだ。

そして今、彼はわたしを信じていない。

でもわたしはダンテを信じている。気づいたばかりでまだもろいけれど、きっとこの愛で彼を取り戻せると信じている。

だからわたしはまだここで待っている。離婚の申請書はまだ届いていない。

ダンテはきっと、かつて二人で過ごしたこの場所へ戻ってくる。わたしは二度とここから出ていかない。空っぽの家にダンテを一人置き去りになど、二度としない。

ここで、愛する人を待つのだ。

ドアをノックする音がした。

使用人はすべて家に帰したから、ドアを開けるのはわたししかいない。エマは裸足《はだし》で階段を駆け下り、大理石の床とシルクのラグを踏んでドアへ向かった。

ドアをぱっと開けると——。

エマはぽかんと口を開けた。これほど髪とひげが伸び放題のダンテを見るのは初めてだ。長旅のあとでTシャツはしわだらけ、はき古したジーンズは腰からずり落ちそうだ。その顔に目をやると、血走った目の下には隈《くま》ができている。

胸の中に芽生えた希望が花開いた。今すぐ彼に手を伸ばし、大丈夫よと言いたい。ここでわたしとい

れば安心よと。でもまだ怖い。彼はずっとここにいるつもりで来たのだろうか。

そのとき、ダンテの手に握られた書類に、むき出しの腕の筋肉がこわばっているのに気づいた。

この人は離婚を求めに来たんだわ。

結婚ではなく。

このわたしではなく。

その瞬間、希望が息絶えるのを感じた。

13

衝撃が、激しい感情が、アドレナリンが、ぬくもりがどっと押し寄せ、ダンテはよろめいた。

胸を直撃され、急に再び息ができるようになったダンテは、肺に思いきり息を吸い込んだ。

この一カ月半、ダンテは何かを感じようと、スカイダイビングや祈りなど、さまざまなことを試してきた。だが結局、こうして息ができるようになったのはエマの前だった。

腹の底からこみ上げる苦しいうめき声がのどに爪を立て、唇からほとばしる。

エマが裸足《はだし》で駆け寄り、手を差し伸べてきた。

「ダンテ」彼女の声もまた苦しげだ――彼がやってくるのをずっと待ち焦がれていたかのように。

ダンテは一歩下がった。

エマが差し伸べた手を下ろした。

彼女の柔らかい手も、その心遣いも、ぼくには受ける資格などない。

「入って、ダンテ」

ダンテはかぶりを振り、歯を食いしばった。息を吸うだけで胸が痛い。エマの前にいながら、その肌に鼻を押し当てて思いきり匂いを吸い込めないのがつらい。彼女の匂いで息を吹き返したい。

だが、この手を伸ばし、結い上げた彼女の髪からこぼれたおくれ毛を耳にかけてやることはできない。バーガンディのキャミソールからのぞく白い肌に、ほっそりした首筋に、むきだしの肩に触れることもできない。胸のふくらみを包むベージュのレースを指でなぞることも、バーガンディのワイドパンツの裾からのぞく裸足の指にひざまずいてキスすることもできない。

ダンテはただ、彼女のために買ったこの家の黒いドアの外に立っていた。二人で暮らすはずだったこの家に、ぼくは入ることができない。

ここはもうぼくの家ではない。

家も、そしてエマも、ぼくがこの手で捨ててしまった。

後ずさるように玄関の石段を下り、本当なら手にすることができたはずの人生を、今も求めている女性を、下から見上げる。

どんな冒険、どんな仕事のあとも、ぼくはこの家へ、エマのもとへ戻ってきた。エマがぼくの安心できる場所だった。エマこそが……。

ぼくの家だった。

ぬくもりだった。

エマは――待っていてくれた。

ダンテの胸の中で後悔が爪を立てる。

本当ならこの家を二人の安住の場所にできたのに。

二人のわが家に。

そう、エマこそがわが家だったのに、ぼくはそんな美しい贈り物を捨ててしまったのだ。

「いや、中へは入らない」本当は入りたくてたまらないのに、ダンテはそう答えた。「ここはもうきみの家だ、エマ。きみが苦しみや不安から身を隠す安全な場所だ。そこにぼくが入るわけにはいかない」

さらに胸が痛む。命を刻む鼓動が容赦なくとどろく。

「きみがそうしてほしいと言わない限りは」

「あなたは？　中へ入りたい？」

「そんな資格はないよ、日本で――」痛みがはらわたをえぐる。「きみのもとを去ったぼくには」

「あなたは怖かったのよ」

「それはきみも同じだったはずだ。でもきみは、ぼくが聞きたくないとわかっていた真実を告げる強さを持っていた。そんなきみを置いてぼくは去った。

あの恐ろしい、大きな気持ちを——愛を捧《ささ》げようとしてくれたきみを置き去りにしたんだ」ダンテは片手のひらを自分の胸にぐっと押し当てた。その奥で何かが生まれつつあるのがわかる。「すまなかった。きみの愛が重くて、きちんと受け止めることができなかった。とても大切なものなのに、優しく扱うすべを知らず、落としてしまった。きみを傷つけてしまった。そうするしかなかったんだ。ぼくは——」

すべて言い訳だ。

ダンテは曇った朝の空を見上げたが、祈りはしなかった。なにものも、ルールブックも、ぼくを助けてはくれない。そんなものは無意味だ。エマとの出会いについて、愛について、警告してくれるものは何もなかった。

そう、ぼくはエマを愛している。

エマが必要だ。

彼女がいないと息ができない。

今こそ、この苦しみを終わらせるのだ。

ダンテはふうっと息を吐いた。「ぼくは間違っていた。きみと母を引き比べるのは間違いだった。きみは母とは、両親とはまったく違う。だが、両親はぼくの中で今も生きている。ぼくの悪霊だ。そんな両親に操られ、ぼくはきみの気持ちに反発してしまった。何もかもきみの言うとおりだった。ぼくは自分の悪霊をきみに背負わせるべきじゃなかった。それでなくてもきみはあまりにも多くの重荷を背負っているのに。ぼくもそんな悪霊を追い払いたい。不安を抱えたまま生きることをぼくに強いるものすべてを追い払いたい。でも、怖いんだ、エマ」

ダンテはエマの前の舗道に膝をつき、石段の上を見上げた。

絶対に手放したくない妻を。

彼女が受け入れてくれさえすれば。

「ダンテ、何を恐れているの？」エマは玄関口に立ち、ったまま身じろぎもしない。

「きみだよ、エマ。そして自分自身のことも、自分の正直な気持ちを打ち明けることも怖い。きみはきっとぼくを追い払い、ドアをロックするだろう。ぼくを中に入れてはくれないだろう」

「話してみて」

「ぼくは手ひどく倒れ、全身が痛い。この胸が、この心が血を流している。きみへの愛に。この心はきみを愛したがっている。ぼくはきみを愛したい」ダンテは心のままに訴えかけた。だがまだ足りない。

「家に入りたい、きみと一緒にいたい。この家をぼくたちの安心できる場所にしたい。この家できみと二人きりで過ごしたい。これまで締め出してきた感情もすべて受け入れたい。きみを大切に思う気持ちも、きみへの愛も。もうこれ以上締め出すのは無理だ。その気持ちはぼくの中でどんどん強くなり、悪霊どもを追い払おうとする勢いだ」

ついに思いのたけを吐き出し、ふわりと全身が軽くなった。ぼくは本当にこれを求めていたのだ。

「愛している、エマ」

そしてきみにも愛してもらいたい。

「初めて出会った瞬間から、ずっときみを愛していた。静かに過ごしたいとき、ぼくはドアを閉めて世界を外へ締め出し、きみのそばへ行く。きみこそぼくのわが家なんだ。きみがバーミンガムで倒れるまでの三か月間、ぼくはわが家を失った迷子だった」

ダンテは自分の前の舗道に離婚申請書を広げた。

「今日は離婚の書類を持ってきた」体がこわばり、震え出す。けれどもぼくはこの方法を選んだ。

今すぐにでも中に入りたい。だがぼくはこうして外で待っている。ぼくがエマを一人残して出かけるたびに彼女がずっと待っていてくれたように。

「もしきみが望むなら、ぼくたちの関係を終わらせたいなら、この書類にサインするよ。もっと考える時間がほしいなら、いつまでだって待つよ」声が硬くなり、胸が大きくふくらむ。「エマ、きみはぼくの魂の伴侶だ。運命がぼくたちを引き合わせた。今世でも、来世でも、ぼくたちはきっとまた巡り合う。それを待ってもいい。でもぼくは来世じゃなく、今この人生をきみと生きたい。きみにぼくの妻になってもらいたい。本当の意味での夫婦になりたいんだ。これまで考えたこともなかったものすべてがほしい。きみと出会う前のぼくは空っぽだった。それをきみが満たしてくれた、ぬくもりと愛で」

エマはまだ身じろぎもしない。

それがたまらなくつらい。もう手遅れなのではないか。もうあなたなどいらないと、追い返されてしまうのではないか。

「もしきみが――」舌が重く、うまく話せない。だが約束はちゃんと守る。「書類に署名し、二人の関係を終わらせることを選ぶなら、ぼくは約束を守る。

望みどおり離婚し、ぼくは……」

口がうまく動かず、体がこわばる。だが、自分の望みを犠牲にしてもエマの希望をかなえてやらなければ。それが愛だから。

ぼくはエマを愛しているから。

「きみを自由にするよ、エミー」

まるで無数のミツバチがいっせいに巣の女王バチのもとに戻るように、エマの胸が激しくざわめいた。ミツバチにとって、巣がどこにあるかなどどうでもいい。女王バチこそが彼らの家なのだ。

そしてわたしの家は、目の前にある。

胸のミツバチに導かれるように、エマはわが家の前に――ダンテの前に立った。「わたしはあなたを選ぶわ。この結婚を。あなたを愛しているから」

手を差し伸べ、ダンテが握ってくれるのを息をつめて待つ――彼がこの愛を受け入れ、安全な場所へと導くわたしの手を信じてくれるのを。わたしたちの愛は信じられる。わたしたちを守ってくれる。わたしはこの愛でダンテを守り、そして――。

「エミー……」ダンテが手を伸ばし、エマの指に指をからめて立ち上がった。その顔には隠しようのない思いがあふれ、苦しげにゆがんでいる。彼はエマの額に額をつけて言った。「愛している。ぼくのすべてできみを愛している。こんな気持ちになれたのはきみのおかげだ。きみの力でぼくは変われた。だからぼくは――」

「わたしを受け入れてくれるのね。わたしの愛を受け止め、あなたもわたしを愛してくれるのね」

「ああ、きみを愛するよ、エミー。言葉で、この体で、ぼくのすべてで」

ダンテはきっと約束を守ってくれるだろう。これまでずっとそうだったように。

「中へ入りましょう」からめた指からダンテの体の震えが伝わってくる。

ダンテがうなずくと、エマは彼の手を引き、白い石段を上がった。

そして二人で玄関ドアを閉めた。外の世界の苦しみや雑音を締め出し、二人はわが家を見つけた。

互いの中に。

エピローグ

そしてその夜

ベッドは大きかった。

ダンテは両腕と両脚を伸ばし、足先でエマの足を探した。温かく小さな足指を自分の足指でなぞり、柔らかいヒップに手を置いてその体を抱き寄せ、髪に顔をうずめて胸いっぱいに彼女の匂いを吸い込む。

ぼくは一人じゃない。

もう寒くない、温かい。

ぼくは愛されている。

「あなたに話さなきゃいけないことがあるの」エマが寝返りを打ってダンテに向き直り、彼の顔を手で包み込んでその目をのぞき込んだ。ダンテも彼女の目を見つめ返した。「怖い？」

「いいや」ダンテはそう答え、彼女の顔を包み込んだ。「きみは怖いのかい？」

「いいえ」エマがかぶりを振り、舌先でピンク色の唇を湿らせた。「でも明日は病院に電話しないと」

「医者になんて言うんだい？　わたしたちは愛し合っています、と？」ダンテがほほえんだ。

エマの笑みが震えた。「そうね。わたしたちは困難を乗り越えて互いの中に愛を見つけたと報告しなきゃ。そしてその愛の結晶、赤ちゃんができたと」

「赤ちゃんが？」

「わたしにはわかっていた、信じていたわ、あなたはきっと戻ってくると。希望が絶たれた中でも、その思いはわたしの中で生きていたの」エマがダンテの手を取り、その手のひらを自分の腹部に当てた。

「そして、わたしたちの赤ちゃんも、ここで育っているの。でも怖くない。運命が、わたしたちに贈り物をくれたのよ。できるはずがなかったのに、奇跡だわ。これからどこで暮らそうとも、二人でこの子を守っていくの。これまで縁のなかった家族を、二人で作っていくの。喜びと愛に満ちた家庭を」

ダンテはわずかにふくらんだ彼女の腹部を指でなぞった。「エマ」ぬくもりが全身にあふれ、この体で彼女を、彼女の中で育つ赤ちゃんを守りたいという思いがこみ上げてくる。ぼくはエマを信じている。古今の神がぼくの祈りに応えてくれたと信じている。

「愛しているよ、エマ」エマこそが、思いがけずぼくに与えられた贈り物だ。彼女がぼくの家族なのだ。

「キスして」エマがせがんだ。

ダンテはエマにキスし、エマもキスを返した。今手の中にあるものへの、そしてこれから訪れるものへの愛をこめて。

希望に、運命に、そして愛に、すべてを捧《ささ》げて。

ハーレクイン®

記憶をなくした恋愛0日婚の花嫁

2025年2月20日発行

著　　者　リラ・メイ・ワイト
訳　　者　西江璃子（にしえ　りこ）

発 行 人　鈴木幸辰
発 行 所　株式会社ハーパーコリンズ・ジャパン
東京都千代田区大手町 1-5-1
電話 04-2951-2000（注文）
0570-008091（読者ｻｰﾋﾞｽ係）

印刷・製本　大日本印刷株式会社
東京都新宿区市谷加賀町 1-1-1

造本には十分注意しておりますが、乱丁（ページ順序の間違い）・落丁（本文の一部抜け落ち）がありました場合は、お取り替えいたします。ご面倒ですが、購入された書店名を明記の上、小社読者サービス係宛ご送付ください。送料小社負担にてお取り替えいたします。ただし、古書店で購入されたものについてはお取り替えできません。®とTMがついているものは Harlequin Enterprises ULC の登録商標です。

この書籍の本文は環境対応型の植物油インクを使用して印刷しています。

ISBN978-4-596-72183-9 C0297

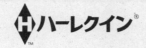

◆◆◆◆ハーレクイン・シリーズ 2月20日刊 発売中

ハーレクイン・ロマンス

愛の激しさを知る

記憶をなくした恋愛0日婚の花嫁 《純潔のシンデレラ》	リラ・メイ・ワイト／西江璃子 訳	R-3945
すり替わった富豪と秘密の子 《純潔のシンデレラ》	ミリー・アダムズ／柚野木　菫 訳	R-3946
狂おしき再会 《伝説の名作選》	ペニー・ジョーダン／高木晶子 訳	R-3947
生け贄の花嫁 《伝説の名作選》	スザンナ・カー／柴田礼子 訳	R-3948

ハーレクイン・イマージュ

ピュアな思いに満たされる

小さな命を隠した花嫁	クリスティン・リマー／川合りりこ 訳	I-2839
恋は雨のち晴 《至福の名作選》	キャサリン・ジョージ／小谷正子 訳	I-2840

ハーレクイン・マスターピース

世界に愛された作家たち
～永久不滅の銘作コレクション～

雨が連れてきた恋人 《ベティ・ニールズ・コレクション》	ベティ・ニールズ／深山　咲 訳	MP-112

ハーレクイン・プレゼンツ作家シリーズ別冊

魅惑のテーマが光る
極上セレクション

王に娶られたウエイトレス 《リン・グレアム・ベスト・セレクション》	リン・グレアム／相原ひろみ 訳	PB-403

ハーレクイン・スペシャル・アンソロジー

小さな愛のドラマを花束にして…

溺れるほど愛は深く 《スター作家傑作選》	シャロン・サラ 他／葉月悦子 他 訳	HPA-67

文庫サイズ作品のご案内

◆ハーレクイン文庫・・・・・・・・・・・・・・毎月1日刊行
◆ハーレクインSP文庫・・・・・・・・・・・毎月15日刊行
◆mirabooks・・・・・・・・・・・・・・・・・・毎月15日刊行

※文庫コーナーでお求めください。

2月28日発売　ハーレクイン・シリーズ 3月5日刊

ハーレクイン・ロマンス
愛の激しさを知る

二人の富豪と結婚した無垢〈独身富豪の独占愛Ⅰ〉	ケイトリン・クルーズ／児玉みずうみ 訳	R-3949
大富豪は華麗なる花嫁泥棒《純潔のシンデレラ》	ロレイン・ホール／雪美月志音 訳	R-3950
ボスの愛人候補《伝説の名作選》	ミランダ・リー／加納三由季 訳	R-3951
何も知らない愛人《伝説の名作選》	キャシー・ウィリアムズ／仁嶋いずる 訳	R-3952

ハーレクイン・イマージュ
ピュアな思いに満たされる

捨てられた娘の愛の望み	エイミー・ラッタン／堺谷ますみ 訳	I-2841
ハートブレイカー《至福の名作選》	シャーロット・ラム／長沢由美 訳	I-2842

ハーレクイン・マスターピース
世界に愛された作家たち
～永久不滅の銘作コレクション～

紳士で悪魔な大富豪《キャロル・モーティマー・コレクション》	キャロル・モーティマー／三木たか子 訳	MP-113

ハーレクイン・ヒストリカル・スペシャル
華やかなりし時代へ誘う

子爵と出自を知らぬ花嫁	キャサリン・ティンリー／さとう史緒 訳	PHS-346
伯爵との一夜	ルイーズ・アレン／古沢絵里 訳	PHS-347

ハーレクイン・プレゼンツ作家シリーズ別冊
魅惑のテーマが光る
極上セレクション

鏡の家《ハーレクイン・ロマンス・タイムマシン》	イヴォンヌ・ウィタル／宮崎　彩 訳	PB-404

※予告なく発売日・刊行タイトルが変更になる場合がございます。ご了承ください。

今月のハーレクイン文庫

2月1日刊

珠玉の名作本棚

「コテージに咲いたばら」
ベティ・ニールズ

最愛の伯母を亡くし、路頭に迷ったカトリーナは日雇い労働を始める。ある日、伯母を診てくれたハンサムな医師グレンヴィルが、貧しい身なりのカトリーナを見かけ…。

（初版：R-1565）

「一人にさせないで」
シャーロット・ラム

捨て子だったピッパは家庭に強く憧れていたが、既婚者の社長ランダルに恋しそうになり、自ら退職。4年後、彼を忘れようと別の人との結婚を決めた直後、彼と再会し…。

（初版：R-1771）

「結婚の過ち」
ジェイン・ポーター

ミラノの富豪マルコと離婚したペイトンは、幼い娘たちを元夫に託すことにする——医師に告げられた病名から、自分の余命が長くないかもしれないと覚悟して。

（初版：R-1950）

「あの夜の代償」
サラ・モーガン

助産師のブルックは病院に赴任してきた有能な医師ジェドを見て愕然とした。6年前、彼と熱い一夜をすごして別れたあと、密かに息子を産んで育てていたから。

（初版：I-2311）